KB078362

레
미
제
라
블
2

일러두기

• 이 책은 Victor Hugo, 『*Les misérables*: *Tome I Fantine, Tome II Cosette, Tome III Marius, Tome IV L'idylle rue Plumet et l'épopée rue Saint-Denis, Les misérables Tome V Jean Valjean*』(Project Gutenberg, 2006)을 참고했습니다.

진형준 교수의 세계문학컬렉션

28

레 미제라블 2

Les Miserables 2

빅토르 위고 지음

살림

레 미제라블 2 **차례**

제4부 플뤼메 거리의 목가와 생드니 거리의 서사시

에포닌 • 10

플뤼메 거리의 집 • 16

사랑의 시작과 끝은 다르다 • 29

환희와 슬픔 • 39

1832년 6월 5일 • 55

코랭트 주점의 바리케이드 • 61

마리우스, 어둠 속으로 들어가다 • 69

바리케이드에서 • 73

옴므아르메 거리 • 92

제5부 장 발장

시가전 • 104

진창, 그러나 영혼 • 128

자베르의 탈선 • 148

손자와 할아버지 • 154

장 발장의 마지막 싸움 • 168

성배의 마지막 한 모금 • 177

장 발장의 황혼 • 191

최후의 어둠, 최후의 새벽 • 199

『레 미제라블』을 찾아서 • 226

『레 미제라블』 바칼로레아 • 239

 레 미세라블 1 **차례**

제1부 팡틴

의로운 사람

추락

미혼모

하강

자베르

샹마티외 사건

고백 이후

제3부 마리우스

할아버지와 손자

ABC의 벗들

두 별의 만남

가난뱅이 악당

제2부 코제트

워털루

군함 오리옹

고인과 한 약속을 이행하다

고르보의 오막살이

프티 픽퓌스 수녀원으로 들어가다

코제트와 수녀원에서 지내게 되다

제
2
권

제4부

플뤼메 거리의 목가와

생드니 거리의 서사시

에포닌

우리 이야기의 시간적 무대인 1831년 과 1832년은 역사적으로 아주 중요한 시기다. 우선 1830년에, 복고되었던 왕정이 무너졌다. 1830년의 7월 혁명으로 혁명은 완수된 것처럼 보였다. 하지만 그것으로 모든 것이 끝난 건 아니었다. 오히려 프랑스 내부에 안고 있던 모든 문제들이 겉 으로 불거져 나왔다. 사람들은 폭풍이 다가오기 전의 나뭇잎 처럼 불안에 떨고 있었으며 불만으로 가득 차 있었다. 프랑스 전체가 무시무시한 낭떠러지 앞에 서 있는 꼴이었다.

1832년 4월이 되자 모든 것이 더 악화되었다. 모든 것이 제 대로 자리를 잡지 못한 채 혼란스러웠다. 뭔가가 부글부글 끓고 있었다. 정부는 무능했고 사람들은 수수방관할 것인가, 아니면 투쟁할 것인가, 공공연히 토론을 벌였으며 반정부 비밀결사단체들이 우후죽순처럼 생겨났다. 앞서 소개한 'ABC의 벗들'도 그중 하나였다. 우리가 주목해야 할 사건들은 바로 그런 역사적 배경과 불가분의 관계를 맺고 있다.

마리우스는 자베르가 악당들을 끌고 떠나자마자 자기도 집 밖으로 나왔다. 심란해서 견딜 수 없었기 때문이다. 그는 쿠르페라크의 집으로 갔다. 그는 그날 그 친구 집에서 하룻밤을 보냈으며 당분간 그와 함께 지낼 수 있게 해달라고 부탁했다. 쿠르페라크는 선선히 받아들였다. 이튿날 아침 그는 고르보의 오막살이로 되돌아왔다. 그는 주인 할멈에게 치를 돈을 주고 짐을 챙겨 그 집을 나와버렸다. 마리우스가 부랴부랴 그렇게 그 집을 떠난 것은 두 가지 이유에서였다.

우선은 그토록 추악한 꼴을 구경하게 만든 그 집이 싫었다. 또 하나는 테나르디에 공판에 증인으로 출석하고 싶지 않았기 때문이다. 그 집에 계속 있다가는 자베르가 그를 만나러 올 것이고 나를 증인으로 내세울 게 분명했기 때문이다.

두 달이 지났다. 마리우스는 여전히 쿠르페라크의 집에 머물고 있었다. 그는 테나르디에가 독방에 감금되어 있다는 것을 알고 그에게 매달 5프랑씩 보냈다. 자신에게 돈이 없었기에 쿠르페라크에게 그 돈을 빌렸다.

마리우스는 슬프기 그지없었다. 모든 것이 다시 닫혀버렸다. 자기가 사랑하는 처녀를, 그 처녀의 아버지로 보이는 노인을 지척에서 다시 볼 수 있었는데, 그들을 붙잡았다고 생각한 바로 그 순간 한바탕 바람이 불어와 그들을 휘몰아가버렸다.

아무런 추측도 불가능했고 이름도 알 수 없었다. 하지만 그녀는 그를 온통 사로잡고 있었다. '죽기 전에 그녀를 다시 한번 만나볼 수 있다면!' 이것이 그에게 줄곧 찾아오는 생각이었다. 그에게 한 가지 위안이 있다면 전에 그녀가 자신에게 던진 눈길이었다. 그 눈길은 분명 사랑하는 사람을 향한 눈길이었다. 그녀가 자기 이름은 모르지만 자기의 마음은 알고 있으리라는 것, 그것이 가장 큰 위안이었다.

하지만 그녀를 만나리라는 희망은 어디에도 없었다.

그러던 어느 날 월요일 아침이었다. 마리우스는 쿠르페라크에게서 빌린 5프랑을 주머니에 넣고, 그것을 감옥 사무실에 갖다주기 전에 산책을 하고 있었다. 그는 냇가 난간에 걸터앉았다. 밝은 햇빛이 갓 피어난 반짝거리는 나뭇잎들 사이로 스며들고 있었다.

그는 '그녀'를 생각하고 있었다. 그가 의기소침한 가운데 생각에 빠져 있을 때 갑자기 목소리가 들려왔다.

"어머, 그이가 여기 있네."

그가 고개를 들고 보니 목소리의 주인공은 전에 자기 방에 왔던 테나르디에의 큰딸 에포닌이었다. 이상한 일이지만 그녀는 더 초라해져 있으면서 동시에 아름다워져 있었다. 그녀는 이미 더 초라해지는 것이 불가능할 정도로 초라해 보였다. 누더기는 더 꾀죄죄해졌으며 누더기 구멍들은 더 커졌고 더 초라해졌다. 여전히 쉰 목소리에 윤기 없는 얼굴이었고, 옥살이 때문에 예전보다 더 불안한 기색을 띠고 있었다. 하지만 그녀는 아름다웠다. 그녀는 빛과 가난의 두 방향을 향해 불가능할 것처럼 보였던 이중의 발전을 한 셈이었다. 오, 신비스런 젊음이여!

그녀는 마리우스를 보자 기쁜 표정으로 말했다.

"드디어 당신을 만났네요. 당신을 얼마나 찾았다고요. 6주일 동안이나 당신을 찾아 헤맸다고요. 그런데 표정이 어두우시네요. 내가 당신 얼굴을 기쁜 모습으로 바꿔줄 수도 있는데……. 나는 당신의 웃는 얼굴이 좋거든요."

"나를 기쁘게 해줄 수 있다니, 그게 무슨 소리야?"

"내가 주소를 알아냈거든요."

마리우스는 파랗게 질렸다. 온몸의 피가 거꾸로 도는 것 같았다.

"주소라니, 무슨 주소?"

"당신이 내게 부탁한 주소 말이에요! 그 아가씨의!"

'아가씨'라는 말을 입 밖에 내면서 에포닌은 깊은 한숨을 내쉬었다.

마리우스는 난간에서 뛰어내리며 정신없이 그녀의 손을 잡았다.

"그래, 그게 어디야? 빨리 말해줘."

"나랑 가요. 거리와 번지는 몰라도 집은 잘 알아요. 데려다 줄게요."

순간 마리우스의 얼굴에 한 조각의 구름이 흘러갔다. 그는 에포닌의 팔을 잡았다.

"하나만 맹세해줘."

"맹세라고요? 그러니까 내가 맹세하기를 당신이 바라신다고요?"

그러면서 그녀는 웃었다.

"그래, 맹세해줘. 네 아버지 말이야, 그 주소를 네 아버지에게 말하지 않겠다고 맹세해줘."

"아버지요? 안심하세요. 아버지는 지금 독방에 갇혀 있어요. 그리고 내가 지금 아버지에게 관심가질 처지예요?"

마리우스는 그녀를 꽉 잡고 흔들며 외쳤다.

"그 말만으로는 안 돼. 약속해야 해."

"좋아요, 약속하겠어요. 맹세하겠어요. 그게 뭐 어려운 일인가요?"

마리우스는 주머니를 뒤졌다. 그는 5프랑을 잡고 에포닌의 손에 쥐어주었다.

그녀는 손가락을 펴서 돈을 땅바닥에 떨어뜨리고는 서글픈 얼굴로 그를 바라보며 말했다.

"당신 돈은 원하지 않아요."

플뤼메 거리의 집

      18세기 중엽에 파리 의회에 속해 있던 한 법원장이 애인을 한 명 숨기고 있었다. 그 당시 대귀족들은 자신들 애인을 공공연히 밖으로 드러냈지만 부르주아들은 감추어야 했기 때문이었다. 그는 생제르맹 근교의 한적한 플뤼메 거리에 '작은 집'을 한 채 지었다.

  이 집의 뒤쪽에는 숨겨진 문이 하나 있었다. 그리고 그 문은 사람들 눈에 띄지 않는 500여 미터의 길고 구불구불한 통로를 통해 또 다른 문과 연결되어 있었다. 역시 숨겨져 있던 그 문은 바빌론 거리의 맨 끝 외진 곳으로 통하고 있었다.

  1829년 10월, 나이가 지긋한 한 남자가 나타나 그 집을 있는 그대로 빌렸다. 후원의 별당과 바빌론 거리에 이르는 통로를 포함한 것은 물론이다. 그는 그 비밀통로를 보수해서 제대로 쓸 수 있게 만들었다. 그는 처녀 한 명과 늙은 하녀 한 명을 데리고 그 집에 들어왔다.

그 세입자의 이름은 장 발장이었고 처녀는 코제트였다. 늙은 하녀 투생은 시골뜨기에 말더듬이였기에 장 발장은 그녀를 믿고 데리고 있기로 했다. 독자 여러분은 르블랑 씨가 장 발장임을 테나르디에가 알아보기 훨씬 전에 알아차렸을 것이다. 그리고 그가 언제, 왜 수녀원을 나와서 마리우스의 눈에 뜨이고 테나르디에에게 봉변을 당하게 된 것인지 무척 궁금했을 것이다.

그는 왜 프티 픽퓌스 수녀원을 떠났는가? 왜 그 안전한 곳에서 나와 다시 불안한 생활을 하게 된 것일까? 무슨 일이라도 있었던 것일까? 아니다. 아무 일도 없었다.

장 발장은 수녀원에서 더없이 행복했다. 하도 행복해서 불안할 정도였다. 그는 날마다 코제트를 만났다. 그리고 마음속에서 나날이 부성애가 커져만 갔다. 그는 생각했다.

'이 애는 내 딸이고 아무도 이 아이를 내게서 뺏어가지 못하리라. 이렇게 즐겁게 이곳에서 교육을 받고 있으니 이 아이는 수녀가 되리라. 나는 여기서 늙어가고 이 애는 여기서 커가리라. 이 애는 여기서 늙고 나는 여기서 죽으리라. 내가 죽을 때까지 우리는 결코 헤어지지 않으리라.'

그렇게 행복한 생각에 잠겨 지내다가 어느 순간 그는 당황했다. 그는 자문했다.

'내가 이런 행복을 누려도 되는 것일까? 과연 이것이 정당한 행복일까? 늙은이인 내가 이 아이의 행복을 빼앗아 누리는 것은 아닐까? 이 아이가 이렇게 인생을 포기해도 되는 것일까? 이 애에게는 인생을 알 권리가 있는 것이 아닐까? 시련에서 구해낸다는 핑계로 아이와 상의도 하지 않고 아이가 누릴 수 있는 모든 즐거움을 빼앗는 것은 과연 신의 뜻에 따르는 것일까? 게다가 코제트가 자신의 뜻과는 상관없이 자신이 수녀가 된 것을 알고 나를 원망하게 되지나 않을까?'

그중 가장 마지막 질문이 그를 더 이상 수녀원에 머물 수 없게 했다. 그는 수녀원을 떠나기로 결심했다. 슬프기는 해도 어쩔 수 없었다. 5년이나 벽 안에서 종적을 감추고 있었으니 두려워할 것들도 다 사라져버렸을 것이다. 그사이 늙은 그를 누가 알아보겠는가? 최악의 경우 자기가 옥살이를 하게 되더라도 그 때문에 코제트를 억지로 수녀원 생활을 하게 할 수는 없는 것 아닌가?

포슐르방 영감이 죽자 그는 유산을 상속 받아 일을 하지 않아도 되게 되었다고 원장에게 말한 후, 5,000프랑의 금액을 수도원에 헌납하고 그곳을 나왔다.

그는 플뤼메 거리에서 안성맞춤의 집을 발견하고 그곳에 세를 얻었다. 그리고 연금 생활자 윌팀 포슐르방이라는 이름으로 행세했다. 동시에 그는 파리에 다른 두 채의 아파트를 얻었다. 조금이라도 문제가 생기면 곧바로 집을 비우고 다른 곳으로 옮길 수 있게 하기 위해서였다. 두 채의 아파트는 둘 다 무척 초라했고, 하나는 웨스트 거리에, 다른 하나는 옴므아르메 거리에, 서로 멀찌감치 떨어져 있었다. 그는 어떤 때는 옴므아르메 거리의 집으로, 또 어떤 때는 웨스트 거리의 집으로 가서 투생 없이 코제트와 단둘이 한두 달씩 지내곤 했다.

장 발장은 날마다 코제트와 팔짱을 끼고 산책을 나갔다. 그는 뤽상부르 공원의 가장 한적한 곳으로 그녀를 데리고 다녔고 주일마다 생 자크 뒤 오 파 성당에서 미사를 보았다. 그 성당이 아주 먼 곳에 있었기 때문이다. 가난한 지역이었기에 적선을 많이 했고 바로 그 때문에 테나르디에로부터 그런 편지를 받게 되었던 것이다.

장 발장과 코제트는 반드시 바빌론 거리 쪽 문으로만 출입했다. 따라서 정원의 쇠창살문을 통해 그들을 직접 보지 않는다면 그들이 플뤼메 거리에 살고 있다는 것을 알아차릴 사람은 아무도 없었다. 그 쇠창살문은 언제나 닫혀 있었고 장 발장은 정원도 손질 않은 채 내버려두고 있었다. 사람들의 주의를 끌지 않기 위해서였다. 그 점은 그가 좀 잘못 생각했는지도 모르겠다.

이 정원은 옛날이나 지금이나 그 무언가 비밀을 감추고 있는 것 같았다. 그러나 그 비밀이 완전히 달랐다. 옛날에는 불륜을 감추고 있었다면 지금은 마치 순결을 감추고 있는 것 같았다. 그곳에는 더 이상 덩굴식물들로 뒤덮인 아치모양의 아케이드도, 잔디밭도, 정자도, 동굴도 없었다. 단지 장엄한 어둠만이 면사포처럼 사방에 드리워져 있었다. 비너스의 욕정의 정원은 다시 때 묻지 않은 에덴동산이 되었다. 뭔지 알 수 없는 참회의 기운이 이 은둔처를 정화시키고 있었다. 이전에는 더럽혀졌던 이 정원이 이제는 순결과 수줍음으로 되돌아온 것이다.

이 호젓한 곳에 또 하나의 완벽하게 준비된 마음이 있었다. 무슨 준비? 순결한 사랑을 할 준비, 바로 그것이었다. 사랑할 대상이 나타나기만 하면 되었다. 바로 코제트의 마음이었다.

수녀원을 나와 이곳에 있게 되면서 플뤼메 정원은 코제트에게 더없이 평온하고 감미로운 곳이면서 동시에 위험한 곳이 되었다. 이곳에서 그녀는 여전히 외로웠지만 반면에 자유로웠다. 정원은 닫혀 있었지만 그 속의 자연은 더없이 자극적이고 풍요로웠으며, 관능적이고 향기로웠다. 그녀는 수녀원에 있을 때와 같은 꿈에 젖어 있었지만 그녀 앞에는 젊은 사내들이 어른거렸고, 쇠창살이 있었지만 문은 거리를 향하고 있었다.

하지만 그녀가 처음 이곳에 왔을 때 그녀는 아직 어린아이에 불과했다. 장 발장은 그녀에게 말했다.

"여기서는 뭐든 너 하고 싶은 대로 해라."

그녀는 정원의 나무와 풀들, 짐승들과 곤충들을 사랑하며 마음껏 즐거워했다. 그리고 장 발장을 진심으로 사랑했다. 그녀가 아직 어렸을 때, 그녀에게는 이 정원과 장 발장만으로 충분했다.

그러던 어느 날 코제트는 놀라운 발견을 했다. 우연히 거울을 들여다보다가 자신이 제법 예쁜 것 같다는 생각을 하게 된 것이다. 그 생각은 그녀를 혼란스럽게 만들었다. 이때까지 그녀는 자신의 얼굴에 대해 전혀 생각해보지 않았다. 게다가 남들이 못생겼다고 하는 말을 종종 들어왔다. 오직 장 발장만이 "천만에!"라고 말했을 뿐이다. 그런데 거울이 장 발장처럼 "천만에!"라고 말하고 있었다.

그녀는 그날 밤 잠을 이루지 못했다.

"내가 예쁘다고? 내가 예쁘다니 얼마나 우스운 일이야!"라고 그녀는 생각했다.

그녀는 정말 아름답고 예뻤다. 살결은 하얗고 허리는 날씬했으며 머리카락에서는 윤이 났다. 그리고 여태껏 볼 수 없었던 광채가 두 눈에서 빛나고 있었다. 그리고 자신이 아름답다는 확신이, 마치 날이 밝듯이 순식간에 그녀를 찾아왔다.

그녀의 아름다움이 빛을 발하면서 반대로 장 발장은 뭐라 말할 수 없이 심하게 가슴이 저려오는 것 같은 느낌을 갖게 되었다. 그는 얼마 전부터 코제트의 얼굴에서 날마다 빛을 더하는 아름다움을 두려운 마음으로 바라보고 있었다. 모든 사람을 밝게 웃도록 만드는 새벽빛이 그에게는 음울하기만 했다. 걷기밖에 못한다고 생각하던 코제트에게 날개가 돋고 있었던 것이다.

마리우스가 여섯 달 후에 그녀를 다시 보고 새삼 놀라게 된 것이 바로 그 무렵이었다.

연애 소설에서 '눈길'이라는 말을 얼마나 많이 써먹었는지 그 말의 신용도가 크게 떨어져버렸다. 오늘날 두 사람의 눈이 맞아 서로 사랑하게 되었다고 감히 말하는 사람은 거의 없다. 하지만 사람들이 사랑을 시작하는 것은 눈이 맞아서이고 오로지 그를 통해서일 뿐이다. 그 나머지는 그냥 나머지일 뿐이며, 뒤에 오는 것일 뿐이다. 두 영혼이 반짝이는 두 눈을 교환하면서 주고받는 충격보다 더 사실적인 것은 없다.

코제트가 자신도 모르게 자신의 눈길로 마리우스를 흔들어 놓았을 때, 마리우스는 자신의 눈길도 그녀를 흔들었으리라고는 생각하지 않았다. 하지만 그는 그녀가 그에게 주었던 것과 똑같은 고통을 주었고 똑같은 기쁨을 주었다. 그날 코제트의 눈길은 마리우스를 미치게 했고 마리우스의 눈길은 코제트를 떨리게 했다. 이날부터 그들은 열렬히 사랑하게 된 것이다.

코제트가 처음에 느낀 것, 그건 뭔가 혼란스러운 애수 같은 것이었다. 그녀는 단번에 자신의 마음이 캄캄해진 것 같았다. 그녀는 자신의 마음이 어떤 것인지 알아볼 수도 없었다.

사실상 코제트는 사랑이 무엇인지 모르고 있었다. 세속적인 뜻으로 그런 말을 하는 것을 한 번도 들어본 적이 없었다. 하지만 그녀는 분명히 사랑을 하고 있었다. 그녀는 뭔지도 모르고 사랑을 하고 있었기에 더욱 열정적으로 사랑했다. 그녀는 그것이 좋은 것인지, 나쁜 것인지, 유익한 것인지 위험한 것인지도 몰랐다. 그것이 영원한 것인지 일시적인 것인지, 해도 좋은 것인지 하면 안 되는 것인지도 모르면서 사랑하고 있었다.

그녀는 날마다 산책 시간을 초조하게 기다렸고 거기서 마리우스를 보면 말할 수 없는 행복을 느꼈다. 그리고 자신의 느낌을 장 발장에게 이렇게 표현했다.

"이 뤽상부르 공원, 참 매혹적인 곳이에요."

그녀는 자신의 마음을 감춘 것이 아니다. 그녀는 가장 솔직하게 자신의 마음을 장 발장에게 드러내 보여준 것이다.

장 발장은 직감적으로 마리우스라는 존재를 느낄 수 있었다. 영원한 어머니인 자연이 부여한 직관이었다. 그는 아무것도 본 것이 없고 아무것도 아는 것이 없었다. 하지만 마치 한쪽에서는 새로운 것이 만들어지고 다른 쪽에서는 무언가가 허물어지는 느낌이었다.

마리우스 역시 영원한 어머니인 자연으로부터 경고를 받고 '아버지'의 눈을 피하기 위해 온갖 애를 다 쓰고 있었다. 그러나 그가 이따금 장 발장의 눈에 띄는 수가 있었다. 마리우스의 거동은 더 이상 자연스럽지 않았다. 그는 수상할 정도로 조심스러웠으며 경솔하다고 할 정도로 어색했다. 이전처럼 가까이 오지 않고 멀리 앉아서 책을 읽는 척하고 있었으며, 전에는 헌 예복을 입고 있었는데 이제는 날마다 새 예복을 입고 있었다. 장 발장은 그를 그냥 수상하게 생각한 것이 아니었다. 한 마디로 장 발장은 그 청년을 미워하고 있었다. 그는 자신에게서 코제트를 빼앗아가려는 도둑이었다.

하지만 장 발장은 뤽상부르 공원 산책을 중단하지 않았다.

특별히 이상한 짓을 하고 싶지 않았으며 무엇보다 청년을 경계하는 자신의 마음을 코제트에게 들키고 싶지 않았다.

그사이 마리우스는 우리가 알고 있듯이 어리석은 짓을 계속했다. 어느 날 그는 웨스트 거리까지 코제트의 뒤를 밟았다. 그리고 아파트 수위에게 말을 걸기까지 했다. 그러던 어느 날 수위가 장 발장에게 물었다.

"어르신, 이상한 청년 하나가 어르신을 찾던데, 누군지 아십니까?"

1주일 후 장 발장은 그곳을 떠나버렸다. 그는 다시는 뤽상부르 공원에도, 웨스트 거리에도 발을 들여놓지 않겠다고 작정했다. 그는 플뤼메 거리로 돌아갔다.

코제트는 불평하지도 않았으며 아무 말도 하지 않았다. 이사하는 까닭도 묻지 않았다. 사랑을 하게 되면서 그녀는 남들이 자기 속마음을 알아챌까봐 두려워할 줄 알게 되었다. 장 발장은 그런 마음을 전혀 알 길이 없었다. 자신이 그런 경험이 전혀 없었기 때문이다. 그는 그런 매력적인 두려움에 빠져본 적이 없었다. 그래서 코제트가 침묵하는 이유를 알 리가 없었다. 단지 그녀가 침울해진 것만 알 수 있을 뿐이었고 덩달아 그도 우울해졌다. 양쪽 다 한 번도 경험해보지 못한 것들이었다.

오로지 자기들끼리만 그토록 사랑했던 이 두 사람, 그토록 감동적인 사랑을 나누었던 이 두 사람, 그토록 서로 의지하며 살았던 이 두 사람은 이제 그렇게 함께 지내면서 각자 상대방 때문에 괴로워하고 있었다. 서로 그 이야기를 나누지도 않고, 그렇다고 서로 원망도 하지 않으면서. 아무렇지도 않은 듯 서로 미소를 나누면서.

그들의 생활은 그렇게 점점 침울해져갔다. 그들에게 남은 유일한 즐거운 일은 굶주리는 자들에게 먹을 것을 가져다주고 헐벗은 자들에게 옷을 가져다주는 일이었다. 함께 그 일을 하다 보면 서로 마음을 터놓는 때도 있었고 코제트가 쾌활한 모습을 되찾을 때도 있었다. 그들이 종드레트의 빈민굴을 방문한 것은 바로 그 무렵이었다.

장 발장이 팔에 상처를 입고 돌아오자 코제트는 그를 정성껏 치료하고 돌보아주었다. 그녀는 거의 온종일 장 발장 곁에서 지내면서 그가 원하는 책들을 읽어주었다. 대개는 여행 책들이었다. 장 발장은 자기가 입은 상처에 대해 고마워했고 더없이 행복해했다. 아버지의 상처가 나아가자 그녀는 정원을 홀로 산책하기 시작했다. 그녀는 아버지가 행복한 모습을 보이자 자기도 만족스러웠다.

때는 4월이었다. 그녀는 아직 젊었다. 새봄의 기쁨이 그녀에게도 스며들었다. 그리고 자연스럽게 마음속 어두움도 사라졌다. 그녀는 자주 웃었고 행복해했다. 그녀의 얼굴은 다시 발그레해졌고 싱싱해졌다. 장 발장은 '오 축복받은 상처여!'라고 나지막이 중얼거릴 수밖에 없었다. 일단 상처가 낫자 그는 호젓한 황혼의 산책을 다시 시작했다.

사랑의 시작과 끝은 다르다

　　　　　4월에 장 발장은 사흘 후에 돌아오겠다며 어디론가 여행을 했다. 매우 오랜 기간 그는 이런 식으로 하루나 이틀, 길 때는 사흘 정도 집을 비웠다. 장 발장은 집에 돈이 떨어지면 그런 여행을 하곤 했다. 그런데 그가 집에 없는 사이 이상한 사건이 하나 일어났다.

　밤 10시쯤 코제트는 혼자 객실에 있었다. 그녀는 풍금을 연주하며 노래를 하고 있었다. 연주와 노래가 끝났을 때 정원에서 사람 걷는 소리가 들리는 것 같았다. 아버지는 출타 중이었으니 아버지일 리 없었다. 투생은 자고 있었으니 그녀일 리도 없었다.

그녀는 객실 창가로 가서 귀를 기울였다. 사내의 발소리 같 았으며 매우 조심스레 걷고 있는 것 같았다. 그녀는 재빨리 2층 자기 방으로 올라가서 창을 열고 밖을 내다보았다. 보름 달이 떠 있어서 정원은 낮처럼 환히 보였다. 하지만 아무도 보 이지 않았다. 그녀는 자기가 잘못 들었다고 생각했다.

이튿날 어제보다는 조금 이른 시각에 그녀는 혼자 정원을 거닐고 있었다. 그런데 전날 밤과 꼭 같은 소리가 들리는 것 같았다. 하지만 아무것도 보이지 않았다. 그녀는 여전히 잘못 들은 것으로 생각하고 숲에서 나왔다. 그러자 달빛을 받아 그 녀의 그림자가 길게 드리워졌다.

그때였다. 코제트는 깜짝 놀라 걸음을 멈추었다. 잔디 위, 자기 그림자 옆에 또 다른 그림자가 보인 것이다. 둥근 모자 를 쓰고 있는 모습을 또렷하게 알 수 있었다. 코제트로부터 몇 걸음 뒤쪽, 수풀 가장자리에 있는 사람의 그림자인 것 같았다. 그녀는 한동안 말도 못 하고 고함도 못 지르고 고개를 돌리지 도 못하고 있었다.

잠시 후 그녀가 고개를 돌려보았다. 아무도 없었다. 그녀는 땅바닥을 내려다보았다. 그림자는 사라지고 없었다. 그녀는 대담하게 덤불 속으로 되돌아가 샅샅이 뒤져보았으나 아무도 없었다. 그녀는 몸이 오싹해지는 것 같았다. 잘못 본 걸까? 하지만 한 번도 아니고 두 번이나? 그녀는 몸을 떨며 집 안으로 들어갔다.

다음 날 저녁 코제트는 다시 정원을 거닐었다. 정원에는 문 가까이 돌로 된 벤치가 하나 있었다. 소사나무가 문과 벤치 사이에 심어져 있어 밖에 있는 사람들의 눈에는 띄지 않았지만, 밖에서 손을 뻗으면 닿을 만큼 문 가까이 있었다. 그녀는 정원을 거닐다가 좀 앉아서 쉬려고 그 벤치로 갔다.

그런데 그 벤치 위에 평소에는 보이지 않던 커다란 돌멩이가 하나 놓여 있는 것이 아닌가? 무서웠다. 그녀는 얼른 자기 방으로 돌아왔다. 그녀는 밤새 잠을 이루지 못했다.

다음 날 아침이 되자 두려움은 호기심으로 바뀌었다. 그녀는 다시 벤치로 갔다. 그리고 꽤 무거운 돌덩이를 들어올렸다. 그 아래 편지 비슷한 것이 있었다. 자세히 보니 흰 편지봉투였다. 주소도 없고 소인도 없었다. 봉투는 열려 있었다.

코제트는 봉투 안에 들어 있는 것을 꺼냈다. 작은 종이 묶음이 나왔으며 종이마다 정성 들여 잘 쓴 글씨로 글이 적혀 있었다. 받는 이 이름도 없었고 보낸 이의 서명도 없었다. 그녀는 그 편지를 읽었다. 거기에는 다음과 같은 글들이 적혀 있었다.

우주를 단 하나의 인간으로 환원시키는 것, 단 하나의 인간을 신으로까지 확장시키는 것, 그것이 사랑이다.

영혼이 꿈의 궁전에 들어가기 위해서는 연보라색 리본 달린 흰 모자 아래에서 얼핏 내보이는 미소만으로 충분하다.

헤어져 있는 애인들은 오만 가지 공상으로 그 현실을 채운다. 만나는 것은 금지되어 있어도 서로 편지는 주고받을 수 있다. 새들의 노래 소리, 꽃들의 향기, 햇빛, 바람의 한숨, 별빛을 서로에게 보낸다.
오, 봄이여! 너는 내가 그녀에게 써 보내는 나의 편지로다.
사랑이 두 인간을 천사같이 성스러운 일체감으로 맺어주고 녹여주었을 때 인생의 비밀이 그들에게 드러난다.
그들은 이제 같은 하나의 운명의 양 끝일 뿐이며, 하나의 정신의 양 날개일 뿐이다. 사랑하라, 날아라!

진정한 사랑은 장갑 한 짝을 잃어도 너무 섭섭해하고 손수건 한 장을 주워도 크게 기뻐하기 마련이다. 사랑은 동시에 무한히 큰 것과 무한히 작은 것으로 이루어진다. 이 정도로 충분하다고 말할 수 있는 사랑이란 없다. 사람은 행복을 느끼는 순간 낙원을 바라고, 낙원에 있으면 천국을 바란다.

"그녀는 아직 뤼상부르 공원에 옵니까?"

"아니오."

"그녀는 이 성당에 와서 미사를 드리지요?"

"이젠 안 옵니다."

"그녀는 여전히 이 집에 살고 있나요?"

"이사 갔습니다."

"어디로 갔습니까?"

"그건 말하지 않았습니다."

자기가 사랑하는 사람의 주소도 모르다니 오오, 얼마나 암담한 일인가!

사랑에 빠졌기에 고통스러운 그대여, 더한층 사랑하라.

사랑으로 죽는 것, 그것은 사랑으로 사는 것이다.

얼마나 위대한 일인가, 사랑받는다는 것은! 하지만 사랑
한다는 것은 그보다 더 위대하다! 그 마음에는 순결함 외
에는 아무것도 없으며, 드높은 곳으로 떠받들어져 있다.
사랑하는 마음에는 비열한 생각이 싹틀 수 없다.

만약 누군가 사랑하는 사람이 없다면 태양은 꺼져버리
리라.

그 외에도 사랑에 관한 자신의 심정을 토로한 글들이 더 있
었다. 아마 여러 날에 걸쳐 생각나는 대로 썼으리라. 그 글들
을 읽으면서 코제트는 몽상에 빠져들었다. 이 신비한 글들은
한 줄 한 줄이 그녀의 마음에 이상한 빛으로 넘쳐흐르게 만들
었다. 사랑에 대해 아무것도 모르던 그녀에게 사랑의 계시를
보낸 것과 같았다.

이 글들이 누구에게서 올 수 있었을까? 도대체 누가 이런
글들을 쓸 수 있었을까? 누가 이것을 그 벤치 위에 놓을 수
있었을까?

코제트는 단 한순간도 망설이지 않았다. 단 한 사람.

바로 그이!

그렇다, 바로 그였다. 그녀가 그를 잊어버리고 있는 동안 그는 다시 그녀를 찾아낸 것이다. 하지만 정말로 그녀는 그를 잊어버렸던가? 아니다! 그녀가 그렇다고 착각하고 있었던 것뿐이다. 그녀는 항상 그를 사랑하고 있었다. 항상 열렬히 사랑하고 있었다. 그 불은 덮여 있었을 뿐 속에서는 타고 있었다. 이종이 묶음은 그녀의 영혼에 떨어진 불티였다. 그녀의 사랑은 다시 불타오르기 시작했다.

그녀는 집 안으로 도망치듯 들어와 글들을 다시 읽고 또 읽으며 생각에 잠겼다. 그녀는 종이에 입을 맞춘 후 코르셋 안에 넣었다. 이제 모든 게 끝났다. 코제트는 다시 깊은 사랑에 빠졌다. 에덴동산의 심연이 그녀에게 다시 입을 벌렸다.

온종일 코제트는 넋이 나간 것 같았다. 해가 질 무렵 그녀는 정장을 하고 정원으로 나갔다. 외출하려고 한 것도 아니었다. 누가 찾아오길 기다리는 것도 아니었다. 그녀는 자신도 모르게 그냥 그렇게 차려입고 정원으로 내려가 벤치 쪽으로 가서 앉았다.

돌덩이는 거기 그대로 있었다. 별안간 그녀는 누군가 자기 뒤에 서 있는 것 같은 느낌을 받았다. 그녀는 몸을 돌리면서 벌떡 일어났다. 바로 그이였다.

창백하고 수척해 보였다. 마치 유령을 보는 것 같았다. 그녀는 뒷걸음질을 쳤다.

그때 그녀는 그의 목소리를 들었다. 생전 처음 듣는 그 목소리. 살랑거리는 나뭇잎 위까지 겨우 닿을락 말락 한 그 목소리. 속삭이는 그 목소리.

"용서하세요, 이렇게 나타난 것을. 가슴이 터질 것 같고 이대로는 살 수 없을 것 같아서 이렇게 왔습니다. 여기 벤치에 놓아둔 것을 읽어보셨나요? 나라는 것을 조금은 알 수 있었나요? 무서워하지 마세요. 당신이 뤽상부르 공원에서 내 앞을 지나갔던 날을 기억하시나요? 6월 16일과 7월 2일이었지요. 곧 1년이 됩니다. 그때부터 너무 오랫동안 당신을 보지 못했어요. 나는 당신이 살고 있던 웨스트 거리의 집까지 가보았습니다. 그런데 당신은 사라져버렸어요. 오오, 나는 당신을 열렬히 사랑합니다. 오, 용서하세요. 내가 무슨 말을 하고 있는지도 모르겠어요. 내 말에 화가 나섰는지도 모르겠네요."

그녀는 "오, 맙소사!"라고 소리를 지르더니 그 자리에 주저앉았다. 그는 넘어지려는 그녀를 붙잡았다. 그리고 자신이 무슨 짓을 하는지도 모르는 채 그녀를 꼭 껴안았다. 번갯불이 눈앞에 지나가는 것 같았고 아무 생각도 들지 않았다. 마치 종교 의식을 행하는 것 같기도 했고 신성모독을 범하는 것 같기도 했다. 마치 그의 육체는 사라진 것 같았다. 그는 사랑 자체에 취해 있었다.

그녀는 그의 손을 잡아 자신의 가슴 위에 올려놓았다. 그는 거기에 종이가 있는 것을 느낄 수 있었다. 그는 더듬더듬 말했다.

"그렇다면, 당신이 나를 사랑하시는 건가요?"

"아무 말 마세요!"

그녀는 붉어진 얼굴을 사랑에 취한 늠름한 청년의 가슴에 묻었다.

그는 벤치 위에 쓰러졌다. 그녀도 그 옆에 쓰러지고 그들은 더 이상 말이 없었다. 별들이 반짝이기 시작했다. 어떻게 그들의 입술이 만나게 되었는가? 어떻게 새는 노래하게 되고, 눈은 녹게 되고, 장미는 꽃을 피우게 되고, 여명은 밝아오는가?

한 번의 입맞춤, 그리고 그것이 전부였다. 둘은 모두 몸을 떨면서 어둠 속에서 반짝이는 눈으로 마주 보았다. 조금씩, 아주 조금씩 그들은 입을 열어 말을 하기 시작했다. 코제트는 여전히 더듬거렸으며 한 방울 이슬이 꽃잎 위에서 떨리듯이 그녀의 영혼이 그녀의 입술 위에서 떨렸다. 정령처럼 순결한 두 영혼은 모든 것을 서로에게 말했다. 그들의 꿈과 도취를, 그들이 얼마나 절망했던가를, 그들이 얼마나 열렬히 사랑했던가를 흉금을 터놓고 이야기했다.

두 사람의 마음은 서로 상대방의 마음속으로 빠져들었다. 그리고 얼마 지나지 않아 처녀는 청년의 영혼을 청년은 처녀의 영혼을 갖게 되었다. 상대방의 마음은 자기의 마음이 되었으며, 그 마음에 매혹당하고 황홀해했다.

모든 것이 끝났을 때, 그들이 모든 것을 말하고 서로의 영혼이 하나가 되었을 때, 그녀가 그의 어깨 위에 머리를 올려놓고 말했다.

"당신 이름이 뭐예요?"

"내 이름은 마리우스. 당신 이름은?"

"내 이름은 코제트."

환희와 슬픔

독자들은 이미 짐작했겠지만 마리우스에게 그 집을 가르쳐준 것은 에포닌이었다. 그녀는 우연히 플뤼메 거리에 갔다가 쇠창살 문 사이로, 정원을 거니는 코제트의 모습을 알아본 것이었다. 마리우스는 쇠로 된 창살 하나를 빼낸 후 그 틈으로 그곳에 들어갔던 것이다.

한 번의 입맞춤으로 두 영혼이 결합하게 된 그 축복받은 거룩한 시간 이후, 마리우스는 저녁마다 그곳에 왔다. 사랑에는 중간이란 없는 법이다. 파멸 아니면 구원이다. 인간의 운명은 온통 이 양단논법 자체다. '파멸이냐 구원이냐'라는 이 양단논법을 사랑보다 더 가혹하게 들이미는 운명은 없다. 사랑이란,

만일 그것이 죽음이 아니라면 삶 자체다. 요람이면서 동시에 관. 신이 만들어놓은 삼라만상 중에서, 오호라, 가장 밝은 빛을 발하면서 동시에 가장 어두운 것, 그것이 바로 인간의 마음이다.

하느님은 코제트의 사랑이 구원의 사랑이 되기를 원했다.

1832년 5월 내내, 밤마다, 이 야생의 초라한 정원에, 날마다 더 향기롭고 더 무성해지는 이 야생의 덤불 아래, 정절과 순결 그 자체로 이루어진 두 남녀가 거기에 있었다. 인간이라기보다는 천사에 가까운, 사랑에 취해 순수하게 빛나는 두 남녀가, 하늘에서 내려오는 모든 축복을 받아 어둠 속에서 서로를 위해 반짝이며 거기 있었다. 코제트에게는 마리우스가 왕관을 쓰고 있는 것 같았고 마리우스에게는 코제트가 후광에 싸여 있는 것 같았다.

그들은 서로 몸을 만지고, 손을 마주 잡고, 서로 몸을 바싹 붙이고 있었지만 넘지 않는 선이 있었다. 그들이 그 선을 지킨 것이 아니었다. 그들은 그 선조차 모르고 있었다. 최초의 키스는 마지막이 되었다. 코제트는 그에게 향기 자체였지 육신을 지닌 여자가 아니었다. 그는 그녀를 숨 쉬고 있었다. 그녀는 아무것도 거부하지 않았고 그는 아무것도 요구하지 않았다. 코제트는 행복했고 마리우스는 만족했다. 두 순결, 두 동정(童貞)의, 말로는 표현할 수 없는 최초의 포옹이었다.

밤에 그들이 거기 있을 때 이 정원은 살아 있는 신성한 장소가 되었다. 활짝 핀 모든 꽃들이 그들에게 향기를 보내주었고, 그들은 자신들의 마음을 열어 그 마음을 꽃들 속에 퍼뜨렸다. 나무들은 그들의 사랑의 말에 떨고 있었다. 그 사랑의 말은 무엇이겠는가? 숨소리, 바로 그것일 뿐 다른 그 어느 것도 아니었다. 그 숨소리만으로 자연 전체를 동요시키고 감동시키기에 충분했다.

그들은 사랑에 취해 아무 생각 없는 나날들을 보내고 있었다. 그들은 모든 것을 다 숨김없이 이야기했다. 마리우스는 자기 신상에 대해 모든 것을 코제트에게 말해주었고 코제트는 자기가 아는 대로 터놓고 말했다. 자기는 프티 픽퓌스 수녀원에서 자랐다는 것, 자기 아버지 이름은 포슐르방이라는 것, 아버지는 자신이 부자가 아니면서도 남들에게 적선을 한다는 것, 그는 딸을 위해 무엇이든 하면서 자신의 것은 포기하고 산다는 것들을 이야기했다.

마리우스는 그 이상은 궁금해하지도 않았다. 고르보 오막살이에서의 그날 밤 사건에 대해서도, 그녀의 아버지가 사라진 일에 대해서도 궁금해하지 않았다. 그는 그 모든 것을 잊고 있었다. 코제트를 만나는 시간에만 자신이 살아 있는 것 같았고 모든 과거는 사라졌으며, 심지어 그날 아침에 무엇을 했는지조차 새까맣게 잊고 살았다. 그는 천국에 있었으므로 현세의 일을 잊는 것은 당연했다. 두 사람은 연인이라는 몽유병자가 되어, 비물질적인 쾌락에 빠져 있었다.

오호라! 그 누군들 이 모든 것들을 겪어보지 않겠는가! 인간에게는 어이하여 그런 하늘의 시간이 오게 되는 것인가? 어이하여 우리의 인생은 그 이후에도 계속되는 것인가?

마리우스와 코제트는 이런 사랑이 자기들을 어디로 끌고 갈 것인지 서로 묻지 않았다. 그들은 이미 목적지에 도달한 사람들처럼 서로를 바라보고 있었다. 사랑을 하면서 그 사랑이 자기들을 어디론가 이끌어가기를 바라는 것은, 사람들의 이상한 욕심일 뿐이다. 사랑하는 사람들은 멈추어진 영원 속에 살고 있다.

마리우스는 코제트 곁에서 자기의 전제군주이면서 동시에 자기의 노예와 함께 있는 것처럼 느꼈다. 그들의 영혼은 완전히 뒤섞여 있었으므로 둘을 분리해 알아보는 것은 불가능했다. 마리우스는 코제트의 일부였고 코제트는 마리우스의 일부였다. 마리우스는 자기 속에 코제트가 살고 있는 것을 느꼈다. 코제트를 소유하고 있다는 것, 그것은 그에게 숨 쉬는 것과 같았다.

그런데 이러한 순결하면서도 놀라운 믿음, 도취, 절대적인 소유의 삼매경에 빠져 있을 때 코제트의 입에서 갑자기 놀라운 말이 터져 나왔다.

"우리는 곧 떠나야 한대요. 아버지가 오늘 아침 말씀하셨어요. 소지품을 잘 챙겨 준비하고 있으라고. 지금부터 1주일 안에 다 챙기라고 하셨어요. 아무래도 곧 영국으로 가게 될 것 같아요."

"무슨 그런 말도 안 되는 일이!" 마리우스는 소리쳤다.

그러자 코제트가 그에게 미소를 지었다.

"마리우스, 내게 좋은 생각이 있어요."

"뭔데?"

"우리가 떠나면 당신도 떠나는 거예요. 어디로 가는지 내가 말해줄게요. 거기서 다시 만나면 되잖아요."

마리우스는 잠에서 깨어났다. 6주일 전부터 그는 인생의 밖에서 살고 있었다. "떠난다!"는 그 말은 가혹하게도 그를 다시 삶 속으로 돌아오게 했다. 그는 저 높이 떠 있다가 현실로 떨어졌다.

"함께 떠나자고? 제정신이야? 돈이 필요한데 난 돈이 없어. 난 빚도 있는데다 3프랑이 전 재산이야. 옷도 신발도 다 떨어진 것뿐이야. 코제트, 난 가난뱅이야! 넌 밤에만 나를 보니까 사랑을 하는 거지 낮에 보면 한 푼 적선하려 들 거야. 난 여권 비용을 댈 돈도 없어."

그는 머리 위에 두 팔을 들어 올린 채 옆에 있던 나무에 이마를 찧어댔다. 그리고 절망에 빠져 오랫동안 그대로 서 있었다. 코제트는 곁에서 어쩔 줄 모르고 흐느끼고 있었다.

잠시 후 그는 그녀에게 다가가 무릎을 꿇고 엎드리더니 그녀의 발끝에 입을 맞추었다.

"코제트, 맹세하는데, 네가 가버리면 난 죽어버릴 거야. 자, 잘 들어. 내일은 날 기다리지 마."

"왜?"

"두고 보면 알 거야."

"당신을 보지 않고 하루를 지내라고? 그럴 수는 없어요."

"일생을 얻기 위한 것이니 하루를 희생하자. 모레까지 기다려줘."

그러면서 그는 자기가 살고 있는 집 주소를 알려주겠다며 호주머니에서 나이프를 꺼내더니 칼날로 담장 벽에 '베르리 거리 16'이라고 새겼다. 그가 묵고 있던 쿠르페라크의 집 주소였다. 마리우스는 중대결심을 한 것이었다. 과연 무슨 결심이었는가?

질노르망 영감은 당시 아흔 살을 훨씬 넘긴 나이였다. 그는 여전히 큰딸 질노르망 양과 함께 자기 소유의 고가에 살고 있었다. 그는 나이를 먹었어도 허리가 휘지 않고 꼿꼿했으며 슬픔조차 그를 굽히게 하지 않았다.

질노르망 노인은 여전히 마리우스에 대해 애정을 품고 있었다. 하지만 동시에 고통스러웠다. 그의 격렬한 애정은 결국 언제나 부글부글 끓어오르는 분노로 변하곤 했다. 그는 운명이라 여기고 가슴 찢어지는 고통을 받아들이려 애쓰고 있었다. 그는 마리우스가 다시는 돌아오지 않으리라 포기하고 있었다.

'그놈을 다시 보지 못하고 죽으리라!'

그는 그 생각에 익숙해지려 애를 썼다. 그러나 늙은 할아비의 마음은 거기에 동의할 수 없었다. 그는 가끔 속으로 분노와 안타까움을 터뜨렸다.

'뭐야? 그놈이 돌아오지 않는다고!'

그러던 어느 날이었다. 그가 손주에 대한 생각에 잠겨 있는데 늙은 하인 바스크가 들어와서 그에게 물었다.

"어르신, 마리우스 씨가 어르신을 만나 뵈러 왔습니다. 만나보시겠습니까?"

노인은 앉은 채 상체를 벌떡 일으켰다. 얼굴이 창백해진 게 전기 충격을 받고 일어난 송장 같았다. 모든 피가 심장을 향해 역류했다. 그는 더듬더듬 말했다.

"들여보내게."

잠시 후 문이 열리고 청년 한 명이 들어왔다. 마리우스였다. 질노르망 노인은 놀람과 기쁨으로 넋을 잃을 지경이었다.

마치 유령을 눈앞에 둔 것 같았다. 그는 현기증을 느끼며 마리우스를 바라보았다. 정말로 마리우스였다.

4년만이었다. 그는 단번에 손자의 모습을 통째로 파악했다. 아름답고 고상하고 준수하고 예의 바르고 매혹적인 청년이었던 것이다!

질노르망 노인은 두 팔을 벌리고 그의 이름을 부르며 뛰어가고 싶었다. 가슴속에 넘치는 정다운 말이 그의 입술가에서 맴돌았다. 하지만 그의 입에서는 전혀 다른 말이 나오고 말았다. 그의 본성 탓이었다. 그는 퉁명스럽게 말했다.

"여긴 뭐 하러 오셨는가? 용서를 구하러 오신 건가? 잘못을 깨달으신 건가?"

그는 마리우스를 올바른 길로 돌아오게 할 수 있다고, 그 아이를 수그러지게 할 수 있다고 믿었다. 마리우스는 몸을 떨었다. 잘못을 깨닫다니! 할아버지는 아버지를 거부하고 비난하라고 요구하고 있는 것이다.

"아닙니다, 어르신."

"그렇다면 내게 뭘 원하시는 건가?"

마리우스는 곧 구렁텅이에 빠져들게 되어 있는 사람의 눈으로 말했다.

"어르신, 제가 온 것은 결혼 허락을 받기 위해서입니다."

"결혼하신다고! 스물한 살에! 그대가 그걸 미리 다 정해놓았다고? 그러니 형식적으로 허락을 해달라고! 아이고, 도련님, 누구랑 결혼하겠다는 건지 좀 물어도 되겠나? 그래, 도련님은 출세 좀 하셨나? 재산도 좀 모았겠지? 변호사 일을 하면서 돈도 좀 벌겠지?"

"한 푼도 못 법니다."

"한 푼도 못 벌어? 그럼 여자가 부자인가보군."

"저와 똑같습니다."

"지참금도 없어?"

"없습니다."

"유산은?"

"그런 건 없는 것 같습니다."

"순전히 알몸뚱이로군. 그 처자 이름은 뭐야?"

"포슐르방입니다."

"쯧쯧." 노인은 혀를 차더니 정색을 하고 말했다.

"마리우스, 네가 연애하는 건 좋다. 너는 그럴 나이다. 로베

스피에르에게 반하는 것보다는 여자에게 반하는 게 훨씬 낫지. 나도 여자들을 사랑했지. 하지만 분별력이 있어야지. 연애는 좋아도 결혼은 안 된다. 청춘은 지나가고 늙음은 부서지게 되어 있다. 즐겨라. 여기 2,000프랑이 있다. 이걸 줄 테니 그 여자랑 결혼할 생각 말고 그냥 정부로 삼아라."

마리우스는 화석처럼 굳은 채 아무 말도 못 했다. 마지막 질노르망 노인의 말, "그 여자를 정부로 삼아라!"라는 말은 이 근엄한 청년의 가슴에 비수가 되어 꽂혔다.

그는 모자를 집어 들고 단호한 걸음걸이로 문을 향해 걸어갔다. 문 앞에서 그는 할아버지 앞에 공손하게 절을 하고 다시 몸을 일으키며 말했다.

"5년 전에 어르신은 제 아버지를 모욕하시더니 오늘은 제 아내를 모욕하셨습니다. 더 이상 아무 부탁도 드리지 않겠습니다. 어르신, 안녕히 계십시오."

질노르망 영감은 대경실색하여 입을 열고 일어나려 했으나 한 마디 말도 하기 전에 문이 닫히고 마리우스는 사라져버렸다. 노인은 한동안 벼락이라도 맞은 것처럼 꼼짝 못하고 있었다. 말도 나오지 않았고 숨도 쉴 수 없었다. 그는 "그놈을 잡아

오너라, 오, 마리우스! 마리우스!"라고 외치다가 안락의자에 쓰러졌다.

　같은 날 장 발장은 샹 드 마르스의 가장 호젓한 비탈 뒤쪽에 홀로 앉아 있었다. 최근 그는 코제트와 함께 외출하는 일이 드물었다. 여러 가지 이유가 있었겠지만 우선은 경계심 때문이었다. 뭔가 알지 모를 위험이 닥쳐오는 것 같았다. 그가 파리를 떠나겠다고 결심하고 코제트에게 준비하라고 말한 것도 그 때문이었다.

　어느 날 그는 가로수 길을 산책하다가 흠칫 놀랐다. 테나르디에를 길에서 본 것이었다. 장 발장이 변장을 하고 있었기에 테나르디에는 그를 알아보지 못했다. 탈옥한 것이 틀림없었다. 이후로 장 발장은 그를 여러 번 보았다. 이 근처를 배회하고 있는 것이 틀림없었다. 테나르디에가 거기 있다는 것은 모든 위험이 동시에 그곳에 있다는 것을 의미한다.

　또한 파리는 정치적으로 아주 소란했다. 경찰들의 눈초리가 한결 날카로워져서 언젠가 그를 수상하게 볼지도 몰랐다. 그는 점점 걱정스러워졌다.

심사숙고한 끝에 장 발장은 파리, 심지어 프랑스를 아예 떠나 영국으로 건너가기로 결심했다. 코제트에게도 미리 알려 두었다. 그는 1주일 내로 떠나고 싶었다. 그는 샹 드 마르스 비탈에 앉아, 테나르디에, 경찰, 그리고 여행, 여권을 구하는 일 등 머릿속을 떠도는 온갖 생각에 잠겨 있었던 것이다.

게다가 그를 놀라게 하고 경각심을 일깨운 일이 하나 더 있었다. 바로 그날 아침의 일이었다. 그는 아침 일찍 정원을 거닐었다. 아직 코제트 방의 겉창은 닫혀 있었다. 그러다 담벼락에 못으로 새긴 것 같은 글씨가 눈에 뜨였다.

베르리 거리 16

아주 최근에 새긴 것이었다. 아마 간밤에 새긴 것 같았다. 이게 무엇일까? 주소일까, 아니면 암호일까? 자기에게 주는 경고일까? 어쨌든 누군가 자신이 모르는 자가 정원을 침범한 것은 틀림없었다. 그는 코제트가 놀랄까봐 그 이야기를 코제트에게 하지 않았다. 어쨌든 빨리 그곳을 떠나야 한다는 경고로 그는 그것을 받아들였다.

한편 마리우스는 실망한 채 질노르망 씨 댁에서 나왔다. 일루의 희망을 품고 찾아갔었지만 커다란 절망만 안고 나온 것이었다.

그는 거리를 걷기 시작했다. 그는 아무 생각도 없었다. 새벽 2시에 그는 쿠르페라크의 집으로 돌아가 옷을 입은 채 침대에 몸을 던졌다. 그는 잠을 못 이루고 뒤척이다가 날이 훤히 밝아서야 잠이 들었다. 잠에서 깨어나자 2월 3일 사건 때 자베르가 그에게 맡긴 권총 두 자루를 호주머니에 넣었다. 그 권총에는 아직 총알이 장전되어 있었다. 그가 그것을 가져가면서 도대체 무슨 생각을 하고 있었는지는 스스로에게도 말하기 어려웠다.

온종일 그는 정처 없이 돌아다녔다. 그의 머릿속에는 단 한 가지 생각밖에 없었다. 9시에 코제트를 만날 수 있다는 생각, 바로 그것이었다. 이 마지막 행복, 그것이 그의 미래의 전부였다. 어둠 속을 거닐 때 가끔 파리 시내에서 이상한 소음이 들려왔다. 그는 몽상에서 벗어나 "싸움이 벌어졌나?"라고 중얼거렸다.

밤이 되자 그는 코제트와 약속한 대로 플뤼메 거리로 갔다.

48시간 만에 그녀를 다시 만난다는 희망과 기쁨에 다른 생각은 모두 사라져버렸다. 마리우스는 쇠창살 사이로 정원으로 뛰어 들어갔다. 그러나 평소 그를 기다리던 곳에 그녀가 없었다. 그는 현관 앞까지 가보았다. 거기에도 그녀는 없었다. 위를 쳐다보니 겉창들이 모두 닫혀 있었다. 정원을 한 바퀴 돌아보았지만 정원에도 아무도 없었다.

그는 창들을 두드렸다. 코제트의 아버지가 불쑥 얼굴을 내밀고 "누구요?"라고 묻더라도 상관없었다. 하지만 아무 응답이 없었다. 그는 "코제트!"라고 외치며 두드리고 또 두드렸다. 아무도 대답하지 않았다. 끝이었다. 정원에는 아무도 없었다. 그 집에는 아무도 없었다.

그는 절망하여 현관 앞 계단에 앉았다. 코제트가 떠나버렸으니 죽는 수밖에 없다고 생각했다. 그때 거리 쪽에서 무슨 목소리가 들리는 것 같았다.

"마리우스 씨."

그는 벌떡 일어났다.

"마리우스 씨, 거기 계세요?"

"예"라고 그는 대답했다.

"마리우스 씨, 당신 친구들이 샹브르리 거리의 바리케이드에서 당신을 기다리고 있어요."

전혀 익숙하지 않은 목소리가 아니었다. 에포닌의 그 듣기 거북한 쉰 목소리 같았다. 마리우스는 문으로 뛰어가 쇠창살 사이로 머리를 내밀고 밖을 바라보았다. 젊은 사내처럼 보이는 사람이 어둠 속으로 달려가고 있었다.

1832년 6월 5일

폭동이 있고 반란이 있다. 둘 다 분노의 폭발이다. 하지만 전자는 부당하고 후자는 정당하다. 정의에 토대를 둔 민주주의 국가에서 부분에 대한 전체의 싸움은 반란이고 전체에 대한 부분의 싸움은 폭동이다. 하지만 정당한 반란도 애초에는 폭동의 모습으로 나타난다. 그것이 성공하면 혁명이라는 대양에 이르게 된다.

반란은 활화산이지만 폭동은 짚불이다. 폭동은 닥치는 대로 정부와 법률과 번영을 휩쓸고 폭동을 일으키는 자나 그에 대항하는 자 모두를 불행에 빠뜨린다. 그러나 반란은 옳은 길로 사람들을 이끈다. 그것은 사람들의 의무들 중에서도 가장 신성한 의무 중의 하나가 될 수 있다. 폭동은 파멸인 데 반해 반란은 부활이 될 수 있기 때문이다. 그렇다면 1832년 6월의 운동은 무엇인가? 그것은 폭동인가, 반란인가? 그것은 반란 이다. 그 운동은 1830년 7월 혁명과 이어져 있는 것이다.

1832년 봄, 파리는 이미 오래 전부터 소요에 빠질 준비가 되어 있었다. 이 대도시는 포탄이 장전된 대포와 같았다. 그 대포는 불똥 하나만 떨어지면 즉시 발포된다. 1832년 6월, 그 불똥은 바로 라마르크 장군의 죽음이었다.

라마라크는 뛰어난 활동가였다. 그는 제정과 왕정복고 시대의 두 시대에 필요한 용기를 모두 발휘했다. 즉 그는 싸움터에서의 용기와 연단에서의 용기를 모두 지니고 있었다. 그는 미래의 가능성을 받아들이고 있었기에 민중의 사랑을 받았다. 그는 나폴레옹 황제에게 충성을 다했기 때문에 대중의 사랑을 받았다.

그는 나폴레옹이 진심으로 신뢰한 대원수 중의 하나였으며 웰링턴을 증오했다. 그는 워털루 패배 이후 17년간 조금도 흔들리지 않고 그 비애를 가슴속 깊이 간직하고 있었다. 그는 임종 시에 나폴레옹 백일 치하 시 장교들이 그에게 바친 검을 가슴에 부둥켜안고 있었다. 나폴레옹은 '군대'라는 한 마디를 남기고 숨을 거두었고 그는 '조국'이라는 한 마디를 남기고 숨을 거두었다.

그의 죽음은 누구나 두려워했다. 민중은 커다란 손실로서 그것을 두려워했고, 정부는 그 어떤 계기가 될까봐 그의 죽음을 두려워했다. 그의 죽음은 큰 슬픔이었다. 큰 슬픔은 언제나 반란으로 바뀔 수 있다. 그리고 그 일이 벌어졌다.

6월 5일, 오락가락하는 날씨 속에 라마르크 장군의 공식적인 장례 행렬은 엄숙하게 파리 시내를 통과하고 있었다. 소총을 거꾸로 멘 2개 대대, 옆구리에 군도를 찬 1만 명의 국민군 병사들과 포병들이 상여를 호위하며 따르고 있었다. 만일의 사태에 대비하기 위해 정부가 미리 준비하고 계획한 것이었다.

그 뒤를 흥분한 수많은 군중들이 따라오고 있었다. 질서는 없었으나 모두 한마음이었다. 가로수 길 인도 위에, 발코니에, 창에, 지붕에 남녀노소들의 얼굴이 우글거렸다.

영구차는 바스티유를 지나 오스테리츠 다리 앞 광장에 도달했다. 영구차는 그곳에 멈추어 섰다. 영구차 주위를 수많은 사람들이 에워쌌다. 쥐죽은 듯 고요했다.

자유 투사의 대명사가 된 라파예트가 라마르크에게 조사와 고별사를 올렸다. 감동적이고 엄숙한 순간이었다. 모든 사람들이 모자를 벗었고 모든 사람들의 가슴이 두근거렸다. 그때였다. 갑자기 검은 옷을 입은 사람 하나가 말을 탄 채 붉은 기를 들고 사람들 사이에 나타났다가 사라졌다. 나폴레옹 제국 시대의 원수들 중 한 사람인 에그젤망이었다.

그 붉은 기가 사람들 사이에 불을 붙였다. 부르동 가로수 길로부터 오스테리츠 다리까지 온통 군중들의 함성에 뒤덮였다. 그들은 힘차게 외치고 있었다.

"라마르크를 팡테옹으로!"

"라파예트를 시청으로!"

그러자 센강의 좌안 쪽으로 시의 수비대 기병들이 출동해 다리를 막았고 우안에도 용기병들이 진을 쳤다. 그들은 군중들과 대치했고 여자들은 무서워서 소리를 지르며 도망갔다.

이 운명적인 순간 무슨 일이 일어났는가? 아무도 말할 수 없을 것이다. 그것은 두 먹구름이 서로 뒤섞이는 어두운 순간이었다. 어떤 사람들은 공격 나팔소리가 군인들 사이에서 먼

저 울렸다고도 하고, 어떤 사람들은 한 아이가 갑자기 용기병을 단도로 찔렀다고도 한다. 확실한 것은 세 발의 총이 발사되었다는 사실이다. 첫발은 중대장을 죽였으며, 두 번째 발은 거리에서 창문을 닫고 있던 귀머거리 노파를 죽였고, 셋째 발은 한 장교의 견장을 맞혔다.

그러자 모든 것이 다 끝났다. 아니, 모든 것이 다 시작되었다. 소동이 벌어졌고, 돌들이 빗발치고, 총격전이 터지고 많은 사람들이 전투원이 되었다. 사람들은 말뚝을 빼고, 권총을 쏘고, 바리케이드를 쳤다. 청년들은 수비대를 공격했으며 용기병들이 군도를 휘둘렀고, 군중이 흩어졌으며 전쟁 소문이 사방으로 퍼졌다. 사람들은 "무기를 들라!"고 외치며 달음박질치고 곤두박질쳤다. 사람들은 도망하기도 하고 저항하기도 했다. 바람에 불길이 번지듯 분노가 폭동을 마구 실어 날랐다.

한번 폭동이 일어나 혼란이 생기면 모든 것이 도처에서 동시에 터진다. 예상되었던 것인가? 그렇다. 준비되었던 것인가? 아니다. 그것은 즉흥적이다. 누군가 군중의 흐름을 잡아 제멋대로 몰아간다. 그 속에는 즐거움과 공포가 뒤섞여 있다.

먼저 소음이 일어나고 상점들이 닫히고 진열된 상품들이

자취를 감춘다. 이어 산발적으로 총소리가 들리고 사람들이 달아나고 개머리판이 대문을 두드린다. 집집마다 마당에 하녀들이 모여 "난리가 나려나봐!"라고 시시덕거리면서 이야기를 주고받는다.

15분도 채 안 돼서 파리의 수많은 곳에서 거의 동시에 이런 일이 벌어지고 있었다. 센강의 좌안과 우안 강둑, 가로수길, 라탱구, 중앙시장 레알 일대에서 노동자, 학생들이 「선언서」를 낭독하면서 "무기를 들라!"고 외치고 있었으며 가로등을 부수고, 길에서 포석을 들어내고, 지하실들을 뒤지고, 통들을 굴리고, 이것저것들을 쌓아 올려 바리케이드를 만들고 있었다.

한 번의 천둥 속에 수많은 번갯불이 일듯, 커다란 소요가 시내 도처에서 동시에 일어나고 있었다. 한 시간도 채 안 되어 레알 일대에서만도 스물일곱 개의 바리케이드가 마치 땅에서 솟아난 것처럼 만들어졌다. 그 모든 폭동들을 지휘한 것은 공중에 떠다니는 격정, 바로 그것이었다.

모든 곳에서 전투가 대대적으로 벌어졌다. 튈르리 궁전은 적막 속에 잠겨 있었다. 루이 18세, 즉 루이 필리프는 아주 태연했다.

코랭트 주점의 바리케이드

파리 사람들이 오늘날 레알 중앙시장에서 랑뷔토 거리로 들어가면 오른쪽에 광주리 가게가 하나 나온다. 그런데 사람들은 이곳이 30년 전에 무시무시한 전투가 벌어졌던 곳이라는 사실은 짐작도 못 하고 있다. 이곳은 샹브리르 거리였는데 그곳에 코랭트라는 유명한 술집이 있었다. 나는 이제부터 이곳 샹브르리 거리의 유명한 바리케이드에 대해서 이야기를 하려 한다.

이 술집 아랫방에는 계산대가 있었고 2층 방에는 당구대가 있었으며 천장을 뚫고 나선형 나무계단이 나 있었다. 아랫방에는 뚜껑 덮인 계단이 있어 지하실로 통하고 있었고 3층에는 주인인 위슐루 씨 가족이 살고 있었다. 지붕 밑에는 두 개의 다락방이 있어, 하녀들의 잠자리로 사용되고 있었다.

앞서 말했듯이 코랭트 주점은 'ABC의 벗들'의 지도자 중 한 명인 쿠르페라크와 그의 친구들이 자주 모이는 일종의 회의 장소였다. 사람들은 그곳에서 술과 음식을 먹고 떠들어댔다. 손님들은 돈을 조금 내거나 별로 안 냈지만 언제나 환영받았다. 주인 위슐루 영감은 더없이 호인이었다. 레스토랑 입구 문 위에는 분필로 '실컷 즐기고 마음껏 먹어라!'라는 경구가 씌어 있었다. 쿠르페라크가 쓴 것이었다.

그날, 그러니까 6월 5일 오전 'ABC의 벗들' 중의 한 명인 그랑테르는 그곳에서 친구 네 명과 함께 술을 마시며 떠들고 있었다. 정오쯤 되었을 때 그랑테르와 친구들은 이미 거나하게 술기운에 젖어 있었다. 그런데 갑자기 밖에서 왁자지껄 시끄러운 소리와 빠른 발소리와 "무기를 들라!"는 고함소리가 들렸다. 그가 돌아보니 샹브르리 거리의 끝 생 드니 거리에, 총을 든 앙졸라를 선두로 'ABC의 벗들' 회원들이 온갖 무기를 들고 지나가는 것이 보였다. 쿠르페라크는 검을 들고 있었다. 그들 뒤로는 역시 무장을 한 군중들이 몇십 명 뒤따르고 있었다. 그랑테르와 함께 있던 보쉬에는 두 손으로 메가폰을 만든 후 큰 소리로 외쳤다.

"어이, 쿠르페라크!"

쿠르페라크가 그의 모습을 알아보고 두서너 걸음 다가오며 "뭐야?"라고 외치자 이쪽에서도 "어디로 가는 거야?"라고 외쳤다.

"바리케이드를 만들려고"라고 쿠르페라크가 대답했다.

그러자 보쉬에가 말했다.

"그럼 이리 와! 여기 아주 자리가 좋아. 여기에 만들어."

이어서 쿠르페라크의 신호에 따라 사람들이 샹브르리 거리로 몰려 들어왔다.

그곳은 정말 기막힌 장소였다. 거리 입구는 넓었고 안쪽은 좁은 막다른 골목인데다 코랭트 주점이 그 목을 막고 있었다. 몽데투르 거리는 좌우 모두 봉쇄하기 쉬웠고 공격을 해올 수 있는 쪽은 생 드니 거리 쪽뿐이었다.

그날 그곳 거리 전체가 공포에 휩싸여 있었다. 행인은 모두 자취를 감추었다. 삽시간에 거리의 모든 상점 문이 닫혔고, 모든 창문과 덧문과 겉창도 닫혀버렸다. 열린 것은 오로지 코랭트 술집뿐이었다. 삽시간에 사람들이 그리로 몰려드는 바람에 문을 닫을 겨를이 없었기 때문이다. 위슐르 아줌마는 "아이고 머니!" 하면서 한숨을 지을 뿐이었다.

얼마 안 되어 술집 진열창의 쇠막대기들이 뽑혔고 20미터 거리의 포석들이 모두 들어 올려졌다. 사람들은 그것들과 온갖 잡동사니들을 쌓아 올려 바리케이드를 완성했다.

오락가락하던 비가 그치고 날이 갰다. 사람들은 계속 합류했다. 앙졸라와 쿠르페르가 그들을 지휘하고 있었다. 이제 두 개의 바리케이드가 코랭트 주점을 축으로 하여 직각 모양으로 구축되었다. 큰 바리케이드는 샹브르리 거리 쪽을 막고 있었고 다른 하나는 시뉴 거리 쪽을 막고 있었다.

그런데 그들 중에 가장 바쁘게 움직이고 있는 열두어 살 정도의 어린 소년이 있었다. 그는 왔다갔다, 올라갔다, 내려갔다 정신없이 빛나게 활약했다. 소년의 이름은 가브로슈였다.

여기서 잠시 독자들의 눈을 그 긴박한 현장 밖으로 끌어내야만 하겠다. 그 소년, 가브로슈는 누구인가? 그는 엄연히 부모가 있었다. 하지만 그의 아버지는 그를 조금도 생각하지 않았고 그의 어머니는 그를 짐으로만 생각했다. 그 아이는 부모가 있으면서도 고아와 마찬가지였다.

그 아이는 집에 있을 때보다 거리에 있을 때 더 행복했다. 길거리의 포석이 어머니보다 더 포근했다. 그 아이의 부모가 자식을 발길로 걷어차버린 것과 다름없었다. 그 아이는 어느 날 집을 나가버렸다.

그 아이는 얼굴은 파리했지만 날쌔고 예민했다. 그는 거리를 쏘다니며 온갖 짓을 다했다. 그 아이는 남의 물건을 훔치기도 했지만 도둑질을 하면서도 즐거워했다. 사람들이 개구쟁이라고 부르면 웃었고, 양아치라고 부르면 화를 냈다. 그는 집도 없고 빵도 없고 사랑도 없었지만 즐거웠다. 자유가 있었기 때문이었다.

그렇다면 그 아이의 부모가 누구인가? 바로 종드레트, 그러니까 테나르디에였다. 그 아이는 애정 결핍 속에서 살았지만 자유롭게 집을 나왔고, 그렇게 된 처지를 한탄하지도 않았으며 그 누구도 원망하지 않았다. 그 아이는 늘 노래를 입에 달고 다녔다. 가브로슈는 어린 음유시인이었다.

그날, 가브로슈는 어느 고물상에서 낡은 권총을 훔쳤다. 그 아이는 콧노래를 흥얼거리며 거리를 가다가 쿠르페라크가 지휘하는 부대와 합류하게 된 것이었다.

가브로슈는 완전히 즐거움에 들떠 추진기 노릇을 하고 있었다. 그 애는 홀로 반짝 빛나고 있었다. 그 애는 모두를 격려하기 위해 그곳에 있는 것 같았다. 그 애에게 동기가 있었던가? 그렇다. 그의 가난, 그것이 동기였다. 그리고 날개가 있었다. 즐거움이 그의 날개였다. 그는 빈둥거리는 자들을 부추겼으며 피로한 자들의 기운을 북돋웠고, 모든 사람들을 자극했다.

드디어 바리케이드가 완성되었다. 그들은 이제 시위대가 아니라 전투부대였다. 그들은 부서를 배정하고 총에 장전을 했으며 파수병을 세웠다. 인기척 없는 그 거리에서 그들은 짙어져 가는 황혼에 둘러싸여, 그 무언가 곧 닥쳐올 것만 같은 그 무시무시한 암흑과 고요 속에서, 무장을 한 채 기다리고 있었다.

그때 커다란 보병용 총 한 자루를 두 다리 사이에 끼고 있는 어떤 사내가 가브로슈의 눈에 들어왔다. 무슨 생각에라도 잠겨 있는 것 같았다. 가브로슈는 그가 갖고 있는 총이 멋져서 그의 곁으로 갔다. 이어서 그의 주변을 돌면서 고개를 갸우뚱거렸다. 가브로슈의 얼굴에 아주 야릇한 표정이 떠올랐다. 마치 이런 생각을 하는 것 같았다.

'설마 그럴 리가! 내가 잘못 본 거겠지. 그럴 수가 있을까? 아닐 거야. 하지만 틀림없는데! 아냐, 아닐 거야.'

그가 한창 고개를 갸우뚱하며 생각에 잠겨 있을 때 앙졸라가 그의 곁으로 와서 말했다.

"너는 작아서 사람들 눈에 안 띌 테니 바리케이드 너머로 가서 무슨 일이 있는지 좀 알아보고 올래?"

앙졸라는 굳센 영혼의 사나이였다. 하지만 일촉즉발의 순간에는 누구나 초조감에 사로잡히기 마련이다. 그는 저쪽에서 무슨 일이 벌어지고 있는지 못내 궁금했던 것이다.

가브로슈가 이내 대답했다.

"그래요, 가볼게요. 그런데 저기 저 사람 보이지요?"

가브로슈가 자기가 눈여겨본 사람을 손가락으로 가리키며 말했다.

"그래, 왜?"

"저건 스파이야."

"확실해?"

"그럼, 내가 얼마 전 루아얄 다리 난간에서 바람을 쐬고 있는데 바로 저 자가 내 귀를 잡아서 끌어내렸다고!"

앙졸라는 바로 소년 곁을 떠나 노동자들 넷을 데리고 그 사내 옆으로 갔다. 앙졸라가 그 사내에게 물었다.

"당신 정체가 뭐요?"

고개를 숙이고 있던 사내는 난데없는 질문에 깜짝 놀란 듯이 고개를 들었다. 그러나 그는 조금도 당황하지 않았다. 그는 이 세상에서 가장 교만하고 단호한 미소를 지으며 진중한 어조로 대답했다.

"무슨 뜻인지 알겠군. 그래, 맞다."

"당신 밀정이지?"

"난 정부 관리다."

"이름은?"

"자베르!"

앙졸라가 네 장정에게 신호를 보냈다. 눈 깜짝할 사이에 그들은 자베르의 덜미를 잡아 넘어뜨렸다. 그리고 그를 포승줄로 묶었다. 그는 경찰청장의 명령으로 잠복 수사 중이었다.

마리우스, 어둠 속으로 들어가다

마리우스가 플뤼메 거리에서 어둠 속에서 들었던 그 목소리는 그에게 마치 운명의 목소리 같았다. 그는 죽고 싶었고, 그 기회가 온 것이었다. 그가 무덤의 문을 두드리고 있는데 어둠 속에서 누군가의 손이 그에게 열쇠를 내민 것과 같았다. 마리우스는 정원에서 나와 스스로에게 말했다.

"그래, 그곳으로 가자!"

그는 성큼성큼 걷기 시작했다. 자베르에게서 받은 두 자루의 권총이 있었으므로 그는 무장하고 있는 셈이었다. 거리는 어두웠고 그와 동시에 군중들은 점점 불어나고 있었다. 그는 군중들을 헤치고 군대와 순찰대, 보초들을 피해 샹브르리 거리를 향했다.

누군가가 박쥐나 부엉이 날개를 하고 파리 상공을 떠돌 수 있었다면 눈 아래 파리의 음산한 광경을 볼 수 있었으리라. 포위된 거리는 이제 거대한 동굴일 뿐이었다. 모든 것이 잠들어 있었고, 꼼짝도 하지 않고 있었다.

마리우스는 중앙 시장 레알에 도착했다. 그곳은 인근 거리들보다 더 조용하고 더 어두웠다. 마치 냉랭하고 적막한 무덤의 기운이 땅으로부터 나와 공중에 퍼져 있는 것 같았다. 그런 가운데 불그레한 불빛이 샹브르리 거리 안쪽에서 뚜렷이 비치고 있었다. 그는 자기가 찾고 있는 곳이 가까워졌음을 느끼고 살금살금 걸어갔다.

그는 몽데투르 골목길 모퉁이에 이르렀다. 그것은 앙졸라가 터놓은 외부와의 유일한 통로였다. 마지막 집 모퉁이에서 왼쪽으로 머리를 내밀고 그는 몽데투르 거리 안쪽을 들여다보았다. 저 안쪽에 칸델라 불빛과 무릎에 총을 올려놓은 채 쭈그리고 앉아 있는 사람들이 보였다. 약 20미터 떨어진 곳으로서 바리케이드의 안쪽이었다.

이제 한 걸음만 내딛으면 되었다. 그는 돌 위에 팔짱을 끼고 앉아 아버지를 생각했다.

고결한 군인이었던 퐁메르시 대령! 그는 공화정부하에서는 프랑스 국경을 지켰으며 황제 치하에서는 아시아까지 진격했다. 그는 전쟁터를 누비며 전쟁터에서 늙었다. 20년 동안 전장을 누비고 돌아왔을 때 그의 뺨에는 칼자국이 있었고 얼굴은 소박하고 침착하게, 거룩하고 순결하게 미소 짓고 있었다. 그는 프랑스를 위해서 모든 것을 했고, 프랑스에 반하는 일은 아무것도 하지 않았다.

마리우스는 생각했다. '그래, 이제 나의 날이 온 거야. 마침내 내 시간이 온 거야. 내 속에는 아버지의 피가 흐르고 있어. 아버지를 따라 나도 용감하고 대담하리라. 총탄들에 맞서 달려가고 총칼들 앞에 가슴을 내놓으리라. 피를 흘리며 적을 찾고 죽음을 찾으리라.'

그는 결코 죽음이 두렵지 않았다. 게다가 코제트마저 떠나 버리지 않았는가! 그녀 없이는 살아갈 수 없었다. 그녀가 떠난 지금 그는 죽어야만 했다.

그는 지금 자기가 전쟁터에 와 있다고, 저 거리는 바로 나의 전쟁터라고 생각했다. 그는 내전이 그의 앞에 심연처럼 입을 벌리고 있는 것을 보았다. 그가 이제 막 그 입안으로 뛰어들려 하고 있는 것이었다.

그는 몸이 떨렸다. 온갖 생각들이 머릿속에 오락가락하며 고개를 숙이게 했다. 그는 갑자기 고개를 들었다. 죽음 옆에 있게 되면 진실이 보이는 법이다. 자신이 뛰어들려고 하는 저 전쟁터가 비참한 곳이 아니라 장엄한 곳이라는 생각에 그는 사로잡혔다. 그는 그의 머릿속에 떠오르는 온갖 망설임을 다 떨쳐냈다. 그는 바리케이드 내부를 들여다보았다. 반도(叛徒)들은 꼼짝도 하지 않은 채 낮은 목소리로 이야기를 나누고 있었다. 긴장된 가운에 조용했다. 기다리던 일이 이제 곧 벌어지리라는 것을 느낄 수 있게 해주는 고요함이었다.

바리케이드에서

아직 아무 일도 일어나지 않았다. 생메리 성당에서 10시를 울렸다. 앙졸라는 소총을 손에 들고 바리케이드 옆에 앉아 귀를 기울이고 있었다.

음산하면서 고요한 가운데 생 드니 거리 쪽에서 쾌활한 노래 소리가 들리기 시작했다. 어린 목소리가 '달빛 아래'라는 낡은 민요를 노래하고 있었다. 가브로슈였다. 그가 숨 가쁘게 바리케이드를 넘어오며 말했다.

"내 총을 줘! 놈들이 오고 있어."

갑자기 전율이 바리케이드 전체에 퍼졌고 총을 찾는 소리들이 여기저기서 들렸다. 그들 모두 제각각 전투태세를 취했다. 앙졸라와 쿠르페라크를 포함한 마흔세 명의 폭도들은 바리케이드 안에서 무릎을 꿇고 거총한 채 앞을 보고 있었다. 여섯 명은 코랭트 주점 창에서 진을 치고 총을 겨누고 있었다.

얼마쯤 시간이 흘렀을까, 보조를 맞춘 묵직한 발걸음들이 생 뢰 쪽에서 뚜렷이 들려왔다. 처음에는 희미했으나 점차 뚜렷해지더니 이어서 묵직하고 우렁차게 들렸다. 그들이 서서히 다가오고 있었으며 들리는 것이라고는 그 소리뿐이었다. 마치 무시무시한 석상들이 다가오고 있는 것 같았다.

잠시 후 발걸음이 멈췄다. 별안간 어둠 속에서 목소리가 울렸다. 아무도 보이지 않았기에 더 음산했다. 마치 어둠 자체가 말하고 있는 것 같았다.

"거기 있는 놈들 누구냐?"

그러자 앙졸라가 호기롭게, 그러나 떨리는 목소리로 이렇게 말했다.

"프랑스 혁명군이다!"

그러자 저쪽에서 목소리가 다시 크게 울렸다.

"발사!"

마치 용광로의 문이 갑자기 열렸다가 닫히듯이 섬광이 일어 거리의 모든 집 정면을 붉게 물들였다. 무시무시한 총소리가 바리케이드를 향해 울렸다. 그 총격에 그들이 세워놓은 붉은 기가 넘어졌다. 깃대가 부러진 것이다. 그리고 벽을 맞추고 튕겨 날아온 총알에 여러 사람이 부상을 입었다.

이 최초의 일제 사격에 모두의 간담이 서늘해졌다. 가장 대담한 자라도 고개를 가로젓게 만들 만큼 맹렬한 공격이었다. 상대방은 적어도 일개 연대는 되는 것 같았다.

앙졸라는 땅에 떨어진 군기를 주웠다. 그가 말했다.

"누구 용기 있는 사람 없는가? 누가 바리케이드에 깃발을 다시 꼽겠는가?"

아무도 대답하지 않았다. 적들이 다시 총을 장전하고 있음이 틀림없는데 바리케이드 위로 올라간다는 건 바로 죽음을 의미했다. 아무리 용감한 자라도 사지(死地)가 뻔한 곳에 나서기는 주저하는 법이다. 앙졸라 자신도 몸을 떨었다.

그가 다시 말했다.

"정말 아무도 없나?"

모두들 고개를 숙인 채 아무 말이 없었다.

그때였다. 한 노인이 주점 앞으로 나오는 것이 보였다. 그는 아래층 홀에 홀로 앉아 있었다. 홀에는 기둥에 묶인 자베르와 그를 지키고 있는 반군 한 명, 그리고 그 노인뿐이었다. 그는 누구인가? 바로 마뵈프였다. 독자 여러분은 마리우스의 아버지 퐁메르시 대령과 가까이 지냈던 노인을 기억할 것이다. 마리우스에게 아버지 이야기를 해준 바로 그 마뵈프 집사 말이다.

그는 똑바로 앙졸라를 향해 걸어갔다. 이 팔순 노인은 어리둥절해 있는 앙졸라에게서 깃발을 뺏더니 조금도 주저하지 않고 바리케이드 안에 마련된 돌계단 위를 천천히 올라갔다. 너무 엄청나고 위대한 일이었으며, 너무 경건한 일이었기에 주위의 사람들은 저도 모르게 모자를 벗었다.

그가 마지막 단 위에 섰다. 마치 유령 같았다. 그가 천이백 정의 소총 앞에, 부서진 조각들로 이루어진 바리케이드 위에, 무엇보다 죽음 앞에, 그 죽음보다 강한 모습으로 몸을 일으켰을 때, 그의 모습은 초자연적으로 거대해 보였다.

기적을 눈앞에 두고 있을 때 흐르는 것 같은 침묵이 그곳에 있었다. 그 침묵 가운데 노인이 붉은 기를 들고 외쳤다.

"혁명 만세! 공화국 만세! 박애! 평등! 그리고 죽음을!"

저쪽에서 경찰서장의 목소리가 들린 것 같았다. 아마 해산 경고를 하는 목소리였을 것이다. 이어서 진압군 지휘자의 목소리가 우렁차게 울렸다.

"썩 물러가라!"

마뵈프 씨는 기를 쳐들고 되풀이했다.

"공화국 만세!"

그러자 그 목소리가 다시 울렸다.

"발사!"

두 번째 사격이 바리케이드를 향하여 뿜어졌다.

노인은 무릎을 꿇었다가 다시 몸을 일으켰으나 곧 기를 떨어뜨리고 포석 위로 나둥그러졌다. 온몸에서 피가 철철 흘렀다. 그의 늙은 얼굴은 하늘을 우러러보고 있는 것 같았다.

앙졸라가 목소리를 높여 말했다.

"동지들이여! 이 할아버지는 우리에게 숭고함을 보여주셨소. 우리는 조국 앞에서 물러났는데 이분은 앞으로 나가셨소. 우리의 아버지를 지키듯이 이 돌아가신 분을 지키고 우리 바리케이드를 지킵시다!" 앙졸라는 몸을 구부려 노인의 머리를 들어올렸다. 그리고 아주 조심스럽게 그의 윗옷을 벗겼다. 그는 피로 얼룩진 구멍들을 모두에게 보여주며 말했다.

"이제, 이것이 우리의 깃발이다!"

그런 후 사람들이 노인의 시체를 주점 아래층으로 옮겼다. 신성한 일에 몰입해 있어, 자신들이 지금 어떤 위험에 처해 있는지도 잊고 있는 것 같았다.

그동안 가브로슈 소년은 자기 자리를 떠나지 않고 홀로 망을 보고 있었다. 그런데 사람들이 살금살금 바리케이드를 향해 다가오는 것이 보이는 것 같았다. 그는 외쳤다.

"조심해라! 놈들이 온다!"

그러나 이미 때가 늦었다. 번쩍거리는 총검들이 이미 바리케이드 위에 넘실거리고 있었다. 위기일발이었다. 모두들 술집에서 나왔다. 모두들 바리케이드를 넘어오는 경찰들을 향해 총을 쏘고 총검을 휘둘렀다. 경찰들이 여럿 쓰러졌지만 우군의 피해도 많았다. 우리의 어린 가브로슈도 자베르가 갖고 있던 큰 총을 들고 자기 앞으로 달려드는 경찰을 향해 방아쇠를 당겼다. 하지만 아무 반응이 없었다. 자베르가 총알을 장전해 두지 않았던 것이다. 경찰은 껄껄 웃으며 총검을 아이를 향해 처들었다.

그런데 그 총검이 가브로슈의 몸에 닿기 전에 총이 그 병사의 몸에서 떨어져 나갔다. 총알 한 방이 날아와 그 경찰의 이마를 꿰뚫은 것이다. 경찰은 뒤로 나둥그러졌다. 또 한 방의 탄환이 쿠르페라크를 향해 달려들던 다른 경찰의 가슴 한복판에 명중했다.

바리케이드 안으로 막 들어온 마리우스가 권총을 쏜 것이었다.

전장에 뛰어들기로 결심을 한 후에도 마리우스는 망설이고 있었다. 그러다 마뵈프 씨의 죽음을 목격했다. 그리고 "사람 살려!"라고 외치는 쿠르페라크의 목소리를 들었고, 친구들이 죽는 모습도 볼 수 있었다. 그는 두 자루의 권총을 들고 싸움터에 뛰어들었다. 그리고 첫 발사로 가브로슈를 두 번째 발사로 쿠르페라크를 살려낼 수 있었다.

하지만 경찰대원, 국민병들이 보루의 3분의 2 이상을 뒤덮고 있었다. 그들은 무슨 함정이 있을까 하여 보루 안쪽으로 뛰어내리지는 않았다. 그들은 캄캄한 바리케이드 안쪽을 들여다보고 있었다.

마리우스에게는 이제 더 이상 무기가 없었다. 그는 총알을 다 쏘아버린 권총을 집어던졌다. 그때 술집 아래층 방 옆에 화약통이 있는 것이 그의 눈에 띄었다. 마리우스가 그쪽으로 눈길을 향하는 순간, 병사 하나가 그를 겨누었다. 그 순간 누군가의 손이 그 총구멍을 막았다. 비로드 바지를 입은 노동자 복장의 젊은이가 갑자기 뛰어든 것이다. 총이 발사되었고 총알이 그 노동자의 손과 몸을 관통했고 그는 쓰러졌다.

마리우스는 그 모습을 똑똑히 보지는 못했다. 다만 총대 하나가 자기를 겨누고 있는 모습, 그 총구를 막는 손 모습을 어렴풋이 본 것 같았다. 그리고 총소리를 들었다.

이제 쌍방이 총부리를 서로 겨누고 가까이 대치하고 있었다. 서로 이야기를 나눌 수 있을 만큼 가까웠다. 이윽고 양쪽에서 일제히 사격이 시작되었다. 사람들이 죽어갔고 부상을 당했다. 연기가 사라진 뒤 보니 쌍방 전투원들은 묵묵히 다시 무기에 탄환을 재고 있었다.

그때였다. 갑자기 우레와 같은 고함소리가 울렸다.

"떠나라, 안 그러면 바리케이드를 폭파하겠다!"

모두들 목소리가 들리는 곳을 돌아보았다.

마리우스였다. 그는 아래층 방으로 들어가 화약통을 집어 들고 보루에 가득 찬 연기에 몸을 가리고 바리케이드 안쪽으로 슬그머니 걸어갔다. 그는 횃불이 있는 곳에 이르자 횃불을 뽑아들고 횃불이 꽂혀 있던 곳에 화약통을 넣었다. 그런 후 돌을 들어 단번에 화약통에 구멍을 냈다. 그 모든 일을 그는 몸을 구부렸다 일으킬 정도의 짧은 시간에 해치웠다.

모두들 크게 놀라 그를 바라보고 있었다. 그는 화약통 위에 올려놓은 포석들에 발을 얹은 채, 횃불을 화약통을 향해 기울이고 있었다. 그는 다시 고함을 질렀다.

"다시 말한다! 빨리 떠나라! 안 그러면 바리케이드를 폭파하겠다."

그는 팔순 노옹 뒤에 나타난 젊은 혁명 상(像)이었다.

"바리케이드를 폭파한다고? 그러면 너도!" 진압군 하사관 한 명이 말했다.

"그렇지, 나도!"

마리우스는 대답과 함께 횃불을 화약통 가까이 가져갔다. 그러나 이미 바리케이드 위에는 아무도 없었다. 공격해온 자들은 사상자들을 버려둔 채, 우왕좌왕 거리 끝으로 달아나더니 앞을 다투어 어둠 속으로 사라졌다.

바리케이드는 해방되었다.

모두들 바리케이드를 둘러쌌다. 쿠르페라크는 마리우스의 목을 얼싸안으며 기뻐했고 앙졸라는 이제부터 마리우스가 대장이라고 말했다.

그런데 점호를 해보니 가장 용감한 사람 중의 하나인 장 플루베르의 모습이 보이지 않았다. 전사자와 부상자 사이에서 그를 찾았으나 없었다. 적의 포로가 된 게 틀림없었다. 앙졸라는 자베르와 플루베르를 교환하려고 마음먹고 동료들과 상의했다. 모두들 찬성이었다.

바로 그때 저쪽 거리 끝에서 딸가닥거리는 무기 소리가 들리더니 한 남자의 외침이 들려왔다.

"프랑스 만세! 미래 만세!"

누구나 플루베르의 목소리임을 알 수 있었다. 이윽고 불빛이 번쩍였고 총소리가 울렸다. 그런 후 다시 조용해졌다.

"놈들이 플루베르를 죽였다" 하고 쿠르페라크가 외쳤다.

앙졸라가 자베르를 바라보고 말했다.

"네 친구들이 방금 너를 총살한 셈이다."

얼마 후 마리우스는 시찰을 하기 위해 작은 바리케이드로 갔다. 그곳에는 아무도 없었다. 그가 시찰을 마치고 나오는데 어둠 속에서 자기의 이름을 부르는 가냘픈 목소리가 들렸다.

"마리우스 씨!"

마리우스의 몸이 떨렸다. 두 시간 전에 플뤼메 거리의 쇠창살문을 통해 들었던 목소리임을 알 수 있었던 것이다. 다만 거의 들릴락 말락 할 정도로 목소리가 작아진 것이 달랐다.

그는 주위를 둘러보았으나 아무도 보이지 않았다. 그때 다시 목소리가 들렸다.

"당신 발아래예요."

몸을 구부리고 보니 어둠 속에서 한 형체가 자기 쪽으로 힘겹게 기어오고 있는 모습이 보였다. 마리우스는 그 창백한 얼굴을 바라보았다.

"나를 몰라보시겠어요?"

"모르겠는데요."

"에포닌이에요."

마리우스는 얼른 몸을 구부렸다. 정말 그녀였다. 그녀는 남장을 하고 있었다.

"아니, 어떻게 여기에? 도대체 여기서 뭘 하고 있는 거요?"

"저는 곧 죽어요."

마리우스는 그녀를 들어 올리기 위해 팔을 겨드랑이에 넣었다.

그녀가 가냘픈 비명을 질렀다. 그녀는 마리우스의 눈 쪽으로 자신의 손을 들어올렸다. 시커먼 구멍이 뚫려 있었다.

"아니 어쩌다가!"

순간 마리우스에게 방금 전에 막연히 보았다고 느꼈던 영상이 떠올랐다.

"그렇다면 바로 당신이?"

"네, 바로 저예요. 제가 당신을 향한 총구를 손으로 막은 거예요."

"왜, 그런 짓을! 오, 가엾어라! 빨리 침대로 옮겨 치료합시다. 손에 구멍이 뚫렸다고 죽지는 않으니까."

"총알이 손을 뚫고 등으로 나갔어요. 이제 소용없어요. 지금은 외과 의사보다 당신이 내 곁에 있는 게 나아요. 자, 이 옆돌 위에 앉으세요."

마리우스는 그녀가 원하는 대로 했다. 그녀는 마리우스의 무릎 위에 머리를 올려놓고 그를 보지 않은 채 말했다.

"아, 너무 좋아요. 나는 이제 아프지 않아요."

그녀는 잠시 말없이 있다가 마리우스를 바라보며 말했다.

"마리우스 씨, 정작 그 집을 가르쳐준 게 나였으면서, 그 집에 당신이 드나드는 걸 언짢아하다니 나는 참 바보였어요. 당신을 이곳으로 이끈 건 나예요. 당신도 이곳에서 죽을 거예요. 오, 나는 행복해! 누구나 다 곧 죽을 거예요."

죽어가는 순간 그녀는 무분별했으며 비통해 보였다. 그녀의 찢어진 블라우스 사이로 앞가슴이 드러나 보였다. 가슴에 구멍이 뚫려 있어 피가 줄줄 흘러나오고 있었다. 마리우스는 너무나 측은한 마음으로 이 불쌍한 여인을 내려다보고 있었다.

그때였다. 어린 소년 가브로슈의 흥겨운 노랫소리가 들려왔다. 에포닌은 억지로 몸을 일으킨 후 주의를 기울이더니 말했다.

"내 동생이 저기 있네요. 그 애가 나를 봐선 안 돼요. 나를 야단칠 거예요."

그녀는 힘겹게 몸을 더 일으키더니 자신의 얼굴을 마리우스 얼굴에 가까이하며 말했다.

"아, 이제 얼마 안 남았어요. 더 이상 당신을 속이고 싶지 않아요. 내 호주머니에 당신에게 줄 편지가 있어요. 우체통에 넣어달라는 걸 어제부터 제가 가지고 있던 거예요. 당신이 그 편지를 받는 걸 원치 않았어요. 우리, 저승에서 다시 만나겠지요? 당신은 아마 나를 원망하겠지요? 자, 어서 주머니에서 편지를 꺼내세요."

그녀는 마리우스의 손을 자기의 블라우스 호주머니에 넣었다. 과연 종이 한 장이 있었다. 마리우스는 편지를 집었다. 그녀의 얼굴에 만족스런 표정이 떠올랐다.

"이제 제게 보답을 해주셔야지요. 하나만 약속해주세요."

"무슨 약속을?"

"내가 죽으면 내 이마에 키스해주시겠다고 약속해주세요. 저는 죽어서도 그걸 느낄 거예요."

그녀는 마리우스의 무릎 위에 다시 머리를 떨어뜨리더니 눈을 감았다. 마리우스는 그녀가 숨을 거두었다고 생각했다. 순간 그녀가 천천히 눈을 떴다.

"마리우스, 나는 당신을 사랑하고 있었던 것 같아요."

그녀는 미소를 지어 보이려다가 숨이 끊어졌다.

마리우스는 약속을 지켰다. 그는 싸늘한 땀방울이 맺혀 있는 그 창백한 이마에 입을 맞추었다. 불행한 영혼에 대한 다정한 추도의 고별 인사였다.

그는 편지를 얼른 읽고 싶었다. 하지만 그는 에포닌을 떠나 술집 아래층 촛불 옆으로 갔다. 어쩐지 그 시체 옆에서 그 편지를 읽을 수는 없을 것 같았기 때문이다.

겉봉에는 여자의 필적으로 이렇게 적혀 있었다.

베르리 거리 16번지, 쿠르페라크 씨 댁
마리우스 퐁메르시 씨 앞

그는 겉봉을 뜯고 편지를 읽었다.

아, 사랑하는 분! 아버지가 곧 떠나시려고 해요. 우리는 오늘 옴므아르메 거리 7번지에 있을 거예요. 1주일 후에는 런던에 가 있을 거고요.

6월 4일 코제트

모든 것은 마리우스를 코제트에게서 떼어놓으려고 에포닌이 꾸민 짓이었다. 독자 여러분은 누군가 장 발장에게 "이사하시오"라고 경고했던 사실을 기억할 것이다. 그 누군가는 다름 아닌 에포닌이었다.

그 경고를 들은 장 발장은 집으로 돌아와 코제트에게 이렇게 말했다.

"우리는 오늘 저녁 옴므아르메 거리로 간다. 다음 주에는 런던에 있을 것이다."

깜짝 놀란 코제트는 부랴부랴 마리우스에게 두어 줄의 편지를 썼다. 하지만 어떻게 전한단 말인가? 그러다가 쇠창살문을 어슬렁거리는 에포닌이 눈에 띄었다. 코제트는 그 젊은 노동자를 불러 5프랑 금화를 주면서 "이 편지를 곧장 그 주소로 갖다주세요"라고 부탁을 했다.

에포닌은 그 편지를 전해주는 대신 마리우스를 샹브르리 거리로 불러냈고, 이후에 벌어진 일은 우리가 모두 다 알고 있다.

마리우스는 코제트의 편지에 키스를 퍼부었다. 그는 죽어서는 안 된다고 생각했다. 그러면서 동시에 생각했다.

'하지만 나는 결국 죽을 것이고 그녀는 떠날 것이다. 그렇다면 내게 남은 의무든 단 한 가지다. 코제트에게 나의 죽음을 알리고 이별의 인사를 보내는 것이다.'

이어서 그는 또 한 가지 의무가 있다고 생각했다. 에포닌의 동생이자 테나르디에의 아들인 가브로슈를 이 위험한 곳에서 빼내야 한다는 것이었다.

그는 언제나 작은 수첩을 가지고 다녔다. 그는 거기서 종이 한 장을 꺼내 황급히 편지를 썼다.

> 우리 결혼은 불가능해졌다오. 나의 할아버지에게 요청했으나 거절하셨소. 나는 재산이 없고 당신도 그렇소. 당신 집으로 달려갔으나 당신을 볼 수 없었소. 나는 곧 죽을 것이오. 당신을 사랑하오. 당신이 이 글을 읽을 때 나의 넋은 당신 곁에 있을 것이고 당신에게 미소 지을 것이오.

봉투가 없었기에 그는 종이를 넷으로 접고 바깥에 주소를 썼다.

옴므아르메 거리 7번지, 포슐르방 씨 댁

코제트 포슐르방 양 앞

그런 후 그는 잠시 생각에 잠겨 있다가 수첩 첫 장에 다음과 같이 썼다.

나는 마리우스 퐁메르시라는 사람이다. 나의 시체는 마
레의 피유 뒤 칼베르 거리 6번지에 살고 있는 나의 할아
버지 질노르망 씨 댁으로 가져갈 것.

이어서 그는 가브로슈를 불러서 말했다.

"부탁 하나만 들어줄래?"

"얼마든지요. 아저씨가 아니었다면 나는 빳빳하게 굳은 몸
이 되었을 거야."

"여기 편지가 있지?"

"그렇네요."

"당장 바리케이드 밖으로 나가서 내일 이걸 그 주소에 있는
대로 코제트 양에게 전해줘."

가브로슈는 이렇게 신나는 전투 현장을 떠난다는 게 못내 아쉬웠지만 마리우스의 청을 선선히 들어줬다. 그는 몽데투르 골목길을 달음질쳐 떠났다. 그는 속으로 생각하고 있었다.

'지금 자정도 안 되었으니 즉시 편지를 갖다주고 와야지. 내가 없는 사이에 전투가 끝나면 어떡해.'

옴므아르메 거리

　　6월 4일, 그러니까 도시에서 반란이 일어난 그날 장 발장의 마음속에서도 반란이 일어나고 있었다. 사람의 마음속에서 일어나는 반란은 민중들의 반란보다 더 심오한 법이다. 바야흐로 하얀 천사와 검은 천사가 그의 내부에서 격렬하게 싸움을 벌이고 있었다. 세상에 천사들의 싸움만큼 격렬한 것이 있을 수 있는가!

　파리에서 반란이 일어나기 전날 장 발장은 옴므아르메 거리로 거처를 옮기기로 결정했다. 코제트가 순순히 장 발장의 결정을 따른 것은 아니다. 그녀는 생전 처음으로 장 발장의 결정에 반대했다. 하지만 장 발장은 단호했다. 모르는 사람에게서 들은 "이사하시오"라는 경고는 그것이 느닷없었던 만큼 장 발장을 더없이 불안하게 만들었다.

둘 다 아르메 거리에 도착하기까지 입을 꼭 다물고 아무 소리도 하지 않았다. 장 발장은 장 발장대로 하도 걱정이 되어 코제트의 슬픔을 알아볼 수 없었고 코제트는 자기 슬픔에 젖어 장 발장이 얼마나 걱정에 싸여 있는지 알아보지 못했다.

옴므아르메 거리의 장 발장의 숙소는 뒤뜰 3층에 자리 잡고 있었다. 두 개의 침실과 하나의 식당, 식당에 붙은 부엌과 다락방이 있는 간소한 아파트였다. 사람이란 쉽사리 걱정에 잘 빠지기도 하지만 터무니없이 안심을 하기도 한다. 인간의 본성이란 그런 것이다. 장 발장은 옴므아르메 거리로 오자 걱정이 사라졌다. 거리는 어둠침침하고 조용했으며, 골목길은 하도 좁아서 수레도 들어올 수 없을 정도였다.

장 발장은 안도했다. '이곳이라면 날 찾아낼 수 있겠는가?'

코제트는 두통을 핑계로 자기 침실에 틀어박혀버렸다. 그러나 장 발장은 크게 걱정하지 않았다. 하루 이틀 지나면 낫겠지, 라고 생각했다. 그는 다시 코제트와 행복한 생활을 할 수 있는 미래를 그려보며 즐거웠다. 몇 달 동안 조국을 떠나 런던에 가 있는 것이 아마 현명할지도 모르지. 하지만 프랑스에 있든 영국에 있든 코제트만 곁에 있어준다면 무슨 상관이랴. 코제트만이 그의 고국이었다. 코제트만으로도 그는 충분히 행복했다. 그는 코제트를 너무 사랑했고, 너무 믿었기에 코제트가 자기만으로는 행복할 수 없다는 생각, 이전에 자신을 잠시 불면에 빠뜨렸던 생각 따위는 조금도 하지 않았다.

장 발장은 창으로부터 문까지 천천히 거닐었다. 그러자 마음이 더욱더 진정되었다. 그러던 중 그의 시선이 뭔지 이상한 것을 발견했다. 찬장 위에 비스듬히 세워진 거울 속에 몇 줄의 글이 또렷하게 나타나 있었던 것이다.

아, 사랑하는 분! 아버지가 곧 떠나시려고 해요. 우리는
오늘 옴므아르메 거리 7번지에 있을 거예요. 1주일 후에
는 런던에 가 있을 거고요.

6월 4일 코제트

장 발장은 깜짝 놀라 걸음을 멈추었다. 거울에 압지의 내용이 그대로 비친 것이다. 코제트는 전날 마리우스에게 편지를

쓴 후, 잉크를 말리려고 압지로 눌렀다. 그리고 그 압지를 찬장 위 거울 앞에 그냥 놓아두었던 것이다. 압지 위에 거꾸로 찍힌 글자가 거울에는 똑바로 비치고 있었다.

간단한 내용이었지만 청천벽력이었다. 그는 글을 되풀이해서 읽었다. 믿을 수 없었다. 이건 환각이었다. 있을 수 없는 일이었다. 하지만 엄연히 사실이었다. 그는 압지를 집어 들었다. 거기에는 분명 글자가, 코제트가 쓴 글자가 또렷이 새겨져 있었다.

장 발장은 들고 있던 압지를 떨어뜨렸다. 그는 비틀거리며 찬장 옆 낡은 의자에 털썩 주저앉았다. 눈은 흐릿했고 얼이 빠져 있었다.

장 발장은 이제까지 어떤 시련에도 져본 적이 없었다. 그는 지독한 시련들을 겪었었다. 그러나 어떤 시련 앞에서도 물러나거나 굽히지 않았다. 자신의 인간으로서의 권리도 버리고, 자유도 버리고, 목숨까지도 내걸고 자신이 지키려는 것을 지켜왔다. 그는 언제나 공정하려고 애를 썼으며 자신의 욕심을 버렸고, 때로는 순교자처럼 자신을 희생하기도 했다. 그 어떤 역경이 공략해오더라도 그의 양심은 난공불락이었다.

그런데, 코제트의 그 글 앞에서 그의 양심이 흔들리고 있었다. 그는 이기적이 되어가고 있었다. 그의 일생 동안 그는 가혹한 운명에 의해 혹독한 고문을 겪었다. 그러나 그 어떤 고문도 지금 그가 받고 있는 고문만큼 무섭고 혹독하지는 않았다. 아아, 사람이 겪을 수 있는 가장 혹독한 시련, 아니, 진정으로 유일한 시련은 사랑하는 사람을 잃는 것 아니겠는가!

물론 장 발장은 아버지로서 코제트를 사랑했다. 하지만 그의 부성애 속에는 모든 사랑이 녹아 있었다. 그는 코제트를 자신의 딸로서 사랑하면서 동시에 어머니처럼 사랑하고 누이처럼 사랑하고 있었다. 그는 애인도 아내도 가져본 적이 없었지만 그의 부성애 속에는 그런 사랑도 섞여 있었다. 하지만 그는 그런 감정을 겪어본 적이 없었기에 그것이 무엇인지 알 수 없었다. 그 감정은 순결했고 신성했다. 그것은 감정이라기보다는 본능이었고, 일종의 인력(引力)이었다.

그들 사이에는 그 어떤 결혼도 불가능했다. 심지어 영혼의 결혼도 불가능했다. 그렇지만 그들의 운명은 분명히 결혼을 한 것이다. 장 발장의 긴 생애 내내, 그가 사랑한 것은 코제트가 유일했다. 그는 분명 코제트의 아버지였다. 하지만 장 발장

속에 할아버지와 아들, 오빠, 남편 같은 것도 함께 녹아 있는 이상한 아버지였다. 그 속에 어머니도 들어 있는 아버지. 코제트를 열렬히 사랑하는 아버지. 그 아이를 자신의 빛으로, 집으로, 가정으로, 조국으로, 천국으로 삼고 있는 아버지.

그녀가 자기에게서 빠져나가는 것을 느끼고 보았을 때, 손에서 벗어나는 안개나 물이었음을 알았을 때, 그녀의 마음이 딴 사람을 향하고 있으며 자신은 그저 아버지일 뿐이라는 것을 알게 되었을 때, 그는 견딜 수 없는 고통을 느꼈다. 아아, 여태까지 해온 모든 것이 결국 이 꼴이 되고 말다니! 장 발장의 내면에서 이기심이 깨어나 아우성치고 있었다.

순간 그의 직감이 작동했다.

'그래 바로 그 녀석이다.'

그는 단번에 마리우스를 맞혔다. 뤽상부르 공원을 배회하던 누군지 알 수 없던 자, 사랑하는 아버지가 곁에 있는데도 처녀에게 추파를 던지던 그 건달, 그 비겁한 놈!

참회를 통해 거듭났던 우리의 장 발장! 그렇게 수많은 수양을 쌓았던 장 발장! 인생의 모든 불행을 해결하기 위해 그토록 많은 노력을 한 장 발장! 그는 자신의 속을 들여다보았다.

그리고 스스로 깜짝 놀랐다. 아아, 내 속에 아직도 이런 괴물이 있었다니!

장 발장은 잠시 생각에 잠겼다가 밖으로 나와 집 문 앞의 돌 위에 앉아 있었다. 마치 그 무언가에 귀를 기울이고 있는 것 같았다. 이미 한밤중이었다.

그가 얼마 동안이나 그렇게 하고 있었을까?

거리는 적적했다. 생 폴 성당의 큰 시계가 11시를 쳤다. 순간 갑자기 격렬한 총소리가 레알 쪽에서 울렸다. 아마 우리가 이미 묘사한 바 있는 경찰의 공격 소리였으리라.

그는 다시 생각에 잠겨 한참을 앉아 있었다. 그러다 그는 갑자기 고개를 들었다. 발소리가 들렸던 것이다. 누군가 걸어오고 있었다. 명랑한 얼굴의 소년이었다. 마리우스의 심부름을 하려고 가브로슈가 그곳에 도착한 것이다.

장 발장은 왠지 그 아이에게 말을 걸고 싶어졌다.

"꼬마야, 여기서 뭘 하고 있니?"

그러자 가브로슈가 대답했다.

"난, 배가 고파요." 그러더니 덧붙였다.

"나보고 꼬마라니! 자기도 꼬마면서."

장 발장은 주머니를 뒤져 5프랑짜리 은화를 꺼내어 아이에게 내밀었다. 가브로슈는 놀라서 어둠 속에서 눈부시게 빛나는 커다란 은화를 바라보았다. 그런 돈이 있다는 걸 소문으로만 알았는데 바로 눈앞에서 보게 되다니! 그는 너무 기뻤다.

가브로슈는 "아저씨는 참 좋은 사람 같소"라고 말하면서 은화를 받아서 주머니에 넣었다. 가브로슈는 장 발장에게 말했다.

"아저씨 이 거리에 살아요?"

"그래, 왜 그러니?"

"7번지를 좀 가르쳐줄 수 있어요?"

순간 장 발장의 머릿속으로 번개처럼 생각이 스쳐지나갔다. 그가 어린애에게 말했다.

"너 내가 기다리고 있는 편지를 가져온 게 아니냐?"

"아저씨가? 아저씨는 여자가 아니잖아요."

"코제트 양에게 보내는 편지를 갖고 있는 거 아니니?"

"코제트? 그래요, 그런 이상한 이름인 것 같아요."

"맞아, 내가 받아서 전하기로 돼 있다. 이리 다오."

"그렇다면 아저씨는 바리케이드에서 나를 보냈다는 것도 아시겠군요?"

"물론이지."

주머니에서 쪽지를 꺼낸 가브로슈는 그것을 장 발장에게 건네면서 거수경례를 했다. 장 발장에게 경례한 게 아니라 편지를 향해 한 것이었다.

"이건 연애편지가 아니에요. 민중으로부터 온 거고, 임시정부로부터 온 거예요. 샹브르리 거리의 바리케이드에서 온 거라고요."

그런 후 가브로슈는 마치 새장에서 벗어난 새처럼 오던 곳으로 다시 날아갔다.

장 발장은 마리우스의 편지를 가지고 집으로 들어갔다. 촛불을 밝히는 그의 손은 떨리고 있었다. 명백히 도둑질이었다. 남의 편지를 훔쳐보고 있었으니 두말할 필요 없이 도둑질이었다. 그는 편지를 펼쳤지만 다른 내용은 하나도 보이지 않고 다음 몇 마디만 눈에 들어왔다.

나는 곧 죽을 것이오. 당신을 사랑하오. 당신이 이 글을

읽을 때 나의 넋은 당신 곁에 있을 것이고 당신에게 미

소 지을 것이오.

그는 이 두 줄의 글 앞에서 무서운 현기증을 느꼈다. 그리

고 동시에 기쁨을 느끼고 환호성을 질렀다. 증오하는 인간이

얼마 있지 않아 죽다니!

그래, 다 끝났다. 운명을 가로막던 인간이 사라져가고 있다.

그가 스스로 자진해서 떠나고 있었다. 장 발장 자신은 아무 잘

못도 없다. 그냥 그가 죽어가고 있는 것이다. 어쩌면 벌써 죽

었는지도 모른다. 아니다, 편지는 방금 썼을 것이고 전투는 없

었다. 그는 살아 있을 것이다. 하지만 일단 싸움에 말려든 이

상 벗어날 길은 없으리라. 그는 이미 톱니바퀴 속에 감겨 들어

가 있다.

그는 해방감을 느꼈다.

'나는 이제 다시 코제트와 단둘이 있게 되리라!'

그는 계속 생각했다.

'그냥 쪽지를 주머니에 넣어둔 채 모르는 척하기만 하면 된

다. 그 사나이는 빠져나오지 못한다. 아직은 죽지 않았더라도

곧 죽을 것이다. 얼마나 다행이냐.'

하지만 그는 곧 침울해졌다.

한 시간 후쯤 장 발장은 밖으로 나섰다. 국민병 복장을 하고 있었으며 무장을 한 채였다. 그는 총탄을 장전한 총과 실탄이 가득 들어 있는 탄약 주머니를 들고 있었다. 그는 레알 쪽을 향했다.

제 5 부

장
발
장

시가전

　　　　　　밤새 바리케이드가 두 자나 더 높이 올라갔다. 바리케이트는 이미 3층 높이에 폭도 어마어마하게 넓어졌다. 반란군들은 바리케이드 위로 올라갈 수 있는 계단도 증축했다. 그들은 바리케이드 안을 청소하고 아래층 홀을 치우고 부엌을 야전 병원으로 만들었다.

　오전 2시경에 인원을 점검해보니 아직 서른일곱 명이 남아 있었다. 인원 점검이 끝나자 앙졸라는 정찰을 나갔다. 반군들은 희망에 가득 차 있었다. 새벽에 습격이 있을 것이라 예상하고 있었지만 오히려 그 습격을 비웃고 있었다. 그들은 자신들의 성공을 믿어 의심치 않았다. 게다가 원병도 틀림없이 오리라고 확신하고 있었다. 쉽사리 승리를 예단하는 것이 프랑스인 기질 중 하나인데, 그들은 그 기질을 유감없이 발휘했다.

정찰 나갔던 앙졸라가 돌아왔다. 그러나 모두의 기대와는 달리 기쁜 소식을 가져온 것이 아니었다. 그가 말했다.

"파리의 모든 군대가 동원되었다. 그중 3분의 1이 우리 바리케이드를 덮칠 것이다. 게다가 국민병도 있다. 한 시간 후에 우리는 공격받을 것이다. 어제 끓어올랐던 민중들도 꼼짝 않고 있다. 아무것도 기다릴 것이 없고, 희망할 것이 없다. 우리 바리케이드는 버림받았다."

모두들 꿀 먹은 벙어리가 되었다. 하지만 그 순간은 짧았다. 누군가 소리쳤다.

"좋다. 바리케이드를 더 높이 올리고 여기 그대로 있자! 시민들이여, 시체로서 항쟁합시다! 민중이 공화주의자들을 저버릴지언정, 공화주의자들은 민중을 저버리지 않는다는 것을 보여줍시다!"

그러자 모두의 입에서 이상하리만큼 만족에 찬 무서운 외침이 터져 나왔다.

"죽음 만세! 모두 여기 남자!"

그때였다. 한 사내가 막 바리케이드 안으로 들어서는 게 보였다. 마리우스는 그를 금세 알아보았다. 포슐르방 씨였다. 장 발장은 국민복을 입은 덕분에 쉽사리 이곳으로 올 수 있었다. 그는 바리케이드에 도착하자마자 국민복을 벗어던졌다. 앙졸라가 누구인지 궁금해하자 마리우스가 대답했다.

"내가 아는 분이야."

앙졸라가 장 발장 쪽으로 몸을 돌리며 말했다.

"동지, 잘 오셨습니다."

그런 후 덧붙였다.

"아시겠지만 우리는 곧 죽습니다."

장 발장은 아무 대답도 하지 않았다. 기둥에 묶여 있던 자베르는 그를 한눈에 알아보았다. 자베르는 떨지 않았다. 그는 의연하게 눈을 내리깔고 "뻔한 일이로군"이라고 중얼거렸을 뿐이었다.

날이 빨리 밝아가고 있었다. 하지만 창문 하나 열리지 않고 대문 하나 열리지 않았다. 동은 텄지만 도시는 깨어나지 않았다. 점점 흰해지는 생 드니 거리에 살아 있는 것은 아무것도 없었다.

보이는 것은 없었지만 들리는 것은 있었다. 조금 떨어진 곳에서 이상한 움직임이 일어나고 있었다. 결정적인 순간이 다가오고 있는 것이 틀림없었다. 바리케이드는 첫 번째 공격 때보다 한층 강화되어 있었다. 모두들 더 용맹하고 자신만만했다. 희망은 없었지만 절망에 기댈 수는 있었다. 죽음의 배에 올라타는 것, 그것이 때로는 파선을 모면하는 방법일 수도 있다. 관 뚜껑이 널빤지가 될 수 있다.

기다리는 시간은 길지 않았다. 웅성거리는 소리가 다시 들려왔다. 이윽고 대포가 한 문 나타났다. 포병들이 포차를 밀고 있었고 네 사람이 바퀴 옆에 있었으며 탄약 운반차가 뒤따르고 있었다.

그 모습을 보자 앙졸라가 외쳤다.

"발사!"

바리케이드 전체가 불을 뿜었고 수많은 연기가 대포를 뒤덮었다. 몇 초 후 연기가 사라지고 대포와 병사들의 모습이 다시 나타났다. 드디어 발포 명령이 떨어졌고 포성이 울렸다. 포탄은 합승 마차의 바퀴 하나를 부쉈고 낡은 짐수레를 망가뜨렸을 뿐이다. 바리케이드 안의 반군들은 웃었다. 그리고 "어디 계속 쏴봐라!"라고 외쳤다.

그때였다. 홀연 가브로슈가 나타났다. 그를 본 마리우스는 깜짝 놀랐다. 그의 목숨을 구하기 위해 심부름을 보낸 것이 아닌가?

마리우스는 그를 구석진 곳으로 데리고 갔다.

"여긴 뭐하러 다시 왔냐?"

"아따, 그러는 아저씨는요?"라고 어린아이가 말했다.

"누가 너더러 돌아오라고 했냐? 어쨌든 내 편지를 전한 거 맞니?"

가브로슈는 조금 꺼림칙했지만 그럴 듯하게 둘러댔다.

"편지는 수위에게 전했어요. 부인은 자고 있었나봐요. 잠에서 깨면 편지를 받겠지요."

마리우스는 코제트에게 작별을 고하는 것과, 어린 가브로슈를 구한다는 두 가지 목적 중 한 가지만 이루어진 것으로 만족하는 수밖에 없었다. 가브로슈는 벌써 바리케이드 끝으로 가서 "내 총!" 하고 외치고 있었다. 가브로슈는 동료들에게 바리케이드가 포위되어 있음을 알렸다. 모든 골목을 그들이 막고 있었으며 전면에 주력부대가 있다는 것이었다.

이어서 대포가 무시무시한 소리를 내며 또 발사되었다. 산탄이었다. 이번에는 벽에 맞고 튄 산탄에 둘이 사망하고 셋이 부상당했다.

포격이 다시 시작되려 하고 있었다. 바리케이드 안에서는 의견이 분분했다. 산탄에는 단 몇십 분도 견디기 어려웠다. 포격에 견딜 만한 조치가 필요했다.

앙졸라가 명령하듯 말했다.

"저기에 매트를 하나 갖다 놓아야 해. 그래야 산탄을 막을 수 있어."

그러자 그때까지 가만히 앉아 있던 장 발장이 자리에서 일어났다. 그가 말했다.

"누가 내게 연발 소총을 빌려줄 수 없소?"

그의 눈길은 거리의 다락방 창문 앞에 놓인 매트를 향하고 있었다. 바리케이드에서 조금밖에 떨어져 있지 않은 칠 층 집 지붕 위였다. 매트는 가로놓여 있었는데 양쪽을 밧줄로 매달

아놓고 있었다.

앙졸라가 방금 재장전한 자신의 총을 장 발장에게 내밀었다. 장 발장은 다락방을 겨누고 쏘았다. 매트를 매달고 있던 밧줄 하나가 끊어졌다. 장 발장이 두 번째 총을 쏘자 두 번째 밧줄이 끊어지고 매트는 거리로 떨어졌다. 박수갈채가 쏟아졌다.

하지만 그것을 가져오는 것이 문제였다. 매트는 바리케이드 밖에 있었으며 적들이 총을 쏘아대고 있었다. 장 발장은 바리케이드 밖으로 나가더니 빗발치는 총알 사이를 뚫고 매트로 뛰어갔다. 그리고 그것을 등에 업고 바리케이드로 돌아왔다. 그는 그것을 벽에 기대어놓았다.

이어서 산탄 사격 소리가 다시 한 번 울렸다. 그러나 매트 덕분에 산탄은 튀지 않았다. 바리케이드는 안전하게 되었다.

앙졸라가 장 발장에게 말했다.

"동지, 공화국이 당신에게 감사하오."

공격군의 포화는 계속되었다. 소총과 산탄이 번갈아 뒤를 이었지만 사실 큰 피해는 없었다. 그때였다. 별안간 반군들 눈에 옆집 지붕 위에서 반짝이는 투구가 보였다. 병사 하나가 굴

뚝에 몸을 기대로 정찰하고 있는 것 같았다. 그의 눈에 바리케이드가 수직으로 내려다보이고 있었다.

앙졸라가 말했다.

"정찰병을 저대로 두면 곤란한데……. 이곳을 훤히 다 알 수 있게 되면 안 돼!"

장 발장은 아무 말 없이 자기 소총을 들고 그를 겨누었다. 일순간 정찰병은 투구에 총알을 맞았고 투구는 요란한 소리를 내며 거리로 떨어져내렸다. 혼비백산한 정찰병은 그대로 사라져버렸다.

두 번째 정찰자가 같은 곳에 나타났다. 이번에는 장교였다. 장 발장은 다시 총알을 장전한 뒤 역시 그의 투구를 날려버렸다. 장교도 재빨리 물러가버렸다. 이후 공격군은 바리케이드 정찰을 포기했다.

"왜 그들을 죽이지 않았소?"라고 누군가 물었지만 장 발장은 대답하지 않았다.

공격부대는 계속 포탄과 소총 세례를 퍼부었다. 여기서도 가만히 있을 수는 없었다. 앙졸라는 포수들을 향해 일제 사격을 명했다. 그토록 오래 침묵하고 있던 바리케이드는 미친 듯

불을 뿜어댔다. 모두들 포수들을 겨냥하고 있었기에 포수들의 삼분의 이 가량이 대포 바퀴 아래 쓰러졌다. 살아남은 자들이 계속 대포를 조작하고 있었으나 발포가 눈에 띄게 느려졌다.

쿠르페라크가 "성공이다"라고 말했다.

그러자 앙졸라가 고개를 절레절레 흔들었다.

"아니야, 얼마 버틸 수 없어. 바리케이드에는 이제 열 통의 탄약밖에 없어."

가브로슈가 그 말을 들은 것 같았다.

쿠르페라크의 눈에 갑자기 바리케이드 아래 바깥 거리에 누군가가 있는 것이 보였다. 가브로슈였다. 아이는 술병 바구니를 집어 들고 피살된 국민병들의 탄약 주머니들을 태연하게 자기 바구니에 넣고 있었다.

거리에는 연기가 자욱했다. 그 연기로 가려진 덕분에 몸집이 작은 그는 들키지 않고 꽤 멀리 갈 수 있었다. 그는 별 위험 없이 탄약통 일고여덟 개를 손에 넣을 수 있었다. 바리케이드에 있는 사람들은 적들의 주의가 그에게 쏠릴까봐 두려워 돌아오라는 소리도 지르지 못하고 있었다.

그는 연기가 걷혀 있는 지점까지 나아갔다. 그리고 포석 방벽 뒤에 정렬해 있던 저격병들이 연기 속에 움직이고 있는 그를 손가락으로 가리켰다.

가브로슈가 포석 위에 누워 있는 한 하사관의 탄약을 털고 있을 때 총알 하나가 날아가 시체를 맞혔다.

"제기랄! 내 시체를 이렇게 죽이다니!" 가브로슈는 아무 일 없는 것처럼 내뱉었다.

두 번째 탄환이 그의 옆 포석에 맞아 불똥이 튕겼다. 세 번째 탄환이 그의 바구니를 넘어뜨렸다. 그러자 가브로슈는 몸을 똑바로 일으키더니 머리칼을 바람에 나부끼면서 총을 쏘는 국민병들을 향해 노래했다.

낭테르 사람들은 못생겼다네,

그건 볼테르의 잘못,

팔레조 사람들은 어리석다네,

그건 루소의 잘못.

그런 뒤 그는 바구니를 주워 떨어졌던 탄약들을 남김없이

다 주워 담았다.

세 번째 탄환과 네 번째 탄환이 날아왔지만 그를 빗나갔다. 가브로슈는 그사이 또 노래를 했다.

　　나는 공증인이 아니라네,

　　그건 볼테르의 잘못,

　　나는 작은 참새라네,

　　그건 루소의 잘못.

다섯 번째 탄환도 그를 피해갔다. 그리고 그는 또 노래했다.

　　명랑하다네, 내 성격은,

　　그건 볼테르의 잘못,

　　초라하다네, 내 옷은,

　　그건 루소의 잘못.

이런 일이 얼마 동안 계속되었다. 무시무시하면서도 매혹적인 모습이었다. 가브로슈는 총격을 받으면서도 총격을 비웃고 있었다. 그는 몹시 재미있어하는 것 같았다. 그는 사냥꾼들을 부리로 쪼고 있는 참새였다.

저격병들은 끊임없이 그를 겨누었지만 번번이 빗나갔다. 총알이 날아올 때마다 그는 한 구절의 노래로 대답했다. 그는 누웠다가 다시 몸을 일으키고, 문 한쪽에 숨었다가 뛰어 나오고, 사라졌다가 다시 나타나면서, 그리고 날아오는 총알을 끊임없이 조롱하면서 탄약 주머니들을 비워 바구니를 채웠다.

바리케이드는 떨고 있었고 그는 노래하고 있었다. 그는 어린아이가 아니었다. 어른도 아니었다. 이상한 요정 같은 건달이었다. 불사신 난쟁이 같았다. 총알들이 그를 따라가고 있었지만 그는 그것들보다 더 날쌨다. 그는 죽음과 뭔지 알 수 없는 숨바꼭질을 하고 있었다.

하지만 급기야 그는 총알에 맞고 말았다. 그는 휘청거리다가 쓰러졌다. 하지만 꼬마 요정 속에는 거인이 있었다. 그는 상반신을 일으키고 앉았다. 길고 가는 핏줄기 하나가 얼굴에 선을 긋고 있었다. 그는 두 팔을 허공에 쳐들고 탄환이 날아온 쪽을 보고 노래하기 시작했다.

나는 땅바닥에 쓰러졌다네,

그건 볼테르의 잘못,

코를 도랑에 처박았으니,

그건 루소의…….

그는 노래를 끝내지 못했다. 저격자의 두 번째 총알이 그의 노래를 중단시켰다. 그는 얼굴을 길바닥에 대고 쓰러져 더 이상 일어나지 않았다. 위대한 어린 넋이 날아가버린 것이다.

마리우스는 바리케이드 밖으로 뛰쳐나갔다. 친구 한 명이 그의 뒤를 따랐다. 그러나 이미 때는 늦었다. 가브로슈는 죽었다. 함께 뛰쳐나간 친구는 탄약이 들어 있는 바구니를 가지고 돌아왔고, 마리우스는 어린애를 안고 돌아왔다.

아아, 이 애 아버지가 나의 아버지에게 해준 것을 내가 이 애에게 해주고 있구나! 하지만 테나르디에는 살아 있는 아버지를 안고 돌아왔는데 나는 죽은 아이를 안고 오다니! 사람들은 가브로슈를 마뵈프와 같은 탁자 위에 놓고 두 시체를 검은 숄로 덮었다.

어느덧 성당 시계가 정오를 알렸다. 멀리 공격대에 이상한 병사들이 나타났다. 어깨에 도끼를 멘 일개 분대의 공병들이 전투태세를 하고 나타난 것이다. 바리케이드를 파괴할 임무를 띤 병사들이었다.

앙졸라는 집 안으로 포석들을 옮기고 창가와 다락방에 붙여놓으라고 지시했다. 최후의 방어를 위한 진지 구축이었다. 명령은 곧 실행되었다. 요새는 완전했다. 바리케이드는 성벽이고 술집은 성탑이었다.

앙졸라는 인원과 무기를 점검하고 모두 배치를 마쳤다. 그런 후 그는 자베르 쪽으로 몸을 돌리고 말했다.

"나는 너를 잊지 않고 있다."

그는 탁자 위에 권총을 한 자루 놓더니 동료들에게 말했다.

"여기서 맨 마지막으로 나가는 사람은 이 밀정의 대가리를 깨부숴라. 이놈 시체를 우리 시체들과 섞지 말고 작은 바리케이드 너머에서 해치우자."

앙졸라는 태연하게 말했다. 그러나 그보다 더 태연한 사람이 있었다. 바로 당사자인 자베르였다.

그때 반군들 무리 속에 섞여 있던 장 발장이 앞으로 나서며 앙졸라에게 말했다.

"당신이 지휘자요?"

"그렇소."

"당신은 내게 감사한다고 말했지요?"

"공화국의 이름으로 감사하오. 이 바리케이드를 두 명이 구해주었소. 마리우스 퐁메르시와 당신이오."

"내가 보상을 받을 만하다고 생각하시오?"

"물론이오."

"그렇다면 지금 요구하겠소. 내가 저 사람의 머리를 쏘게 해주시오."

자베르는 고개를 들어 장 발장을 보았다. 그는 거의 눈에 띄지 않을 만큼 몸을 움직이더니 말했다.

"당연히 그렇게 돼야지."

바로 그 순간 나팔 소리가 들렸다.

"모두들 조심하라! 놈들이 온다!"라고 마리우스가 바리케이드 위에서 소리쳤다. '모두들 밖으로 나가라!'는 앙졸라의 외침에 허겁지겁 모두들 밖으로 나갔고 장 발장과 자베르 둘만이 남았다.

장 발장은 자베르와 단둘이 되자 포로의 몸뚱이를 묶은 후 탁자에 매어 있던 동아줄을 풀었다. 그는 따라오라고 손짓했다. 장 발장은 손에 권총을 들고 있었다. 그들은 술집을 나섰다. 바리케이드 왼쪽 끝에 있던 마리우스는 그들이 지나가는 것을 보았다. 장 발장은 자베르를 끌고 몽데투르 골목의 작은 방어진지를 다소 힘들게 올라갔다.

　　그들이 방벽을 넘자 두 사람 외에는 아무도 없었다. 시체들이 산더미를 이루고 있었다. 장 발장은 피스톨을 겨드랑이에 끼고 자베르를 응시했다. '자베르, 내가 여기 있다'라고 말하는 것 같았다.

　　자베르가 그 눈길에 대답했다.

　　"복수해라."

　　장 발장은 조끼 주머니에서 나이프를 꺼내더니 그것을 펼쳤다.

　　"단도로군. 그래, 네게는 그게 잘 어울린다"라고 자베르가 외쳤다.

　　장 발장은 자베르의 목에 감긴 밧줄과 손목에 묶인 밧줄, 그리고 발에 묶인 노끈을 차례로 자른 후 몸을 일으키며 말했다.

"당신은 자유요."

자베르는 쉽게 놀라는 사람이 아니었다. 그러나 이번에는 충격에서 벗어날 수 없었다. 그는 입을 떡 벌리고 가만히 서 있었다.

장 발장이 말을 이었다.

"나는 여기서 나갈 수 있을 것 같지 않소. 하지만 요행히 여기서 나가게 된다면 옴므아르메 거리 7번지에서 포슐르방이라는 이름으로 살 거요."

자베르는 호랑이처럼 상을 찌푸리더니 입 한쪽 구석을 약간 씰룩이며 입속에서 우물거렸다.

"조심해야 할걸."

"가시오."

"포슐르방이라고? 아르메 거리?"

"7번지요."

자베르가 낮은 목소리로 되풀이했다.

"7번지라……."

자베르는 프록코트의 단추를 끼고, 경찰답게 두 어깨에 꿋꿋하게 힘을 주고는, 팔짱을 끼는 자세로 한 손으로 턱을 괸 채 레알 방향으로 걸어가기 시작했다. 그러더니 장 발장을 돌아보며 소리쳤다.

"당신 정말 나를 곤란하게 만드는구려. 차라리 나를 죽여주시오."

자베르는 자신이 장 발장에게 존댓말을 하고 있다는 것을 스스로도 눈치채지 못했다.

"가시오"라고 장 발장은 재차 말했다. 자베르는 느린 걸음으로 멀어져갔다. 잠시 후 그는 거리 모퉁이로 사라졌다. 자베르가 사라지자 장 발장은 허공에 대고 권총을 한 발 발사했다. 그런 뒤 바리케이드로 돌아와 말했다.

"해치웠소."

바리케이드의 최후가 바야흐로 시작되려 하고 있었다. 바리케이드에 있던 반군들은 모두 외로웠다. 군중들의 동의를 얻지 못했기 때문이다. 군중들의 확실한 동의를 얻지 못했을 때 반란은 버림받는다. 군중은 분노가 대기 전체에 퍼져, 반란에 감동되었을 때만 그들의 편이 된다.

누구를 나무랄 것인가? 아무도 없다. 유토피아는 거의 언제나 너무 일찍 온다. 유토피아는 참다 참다, 폭동으로 변한다. 하지만 그 앞에 어떤 것이 기다리고 있는지 알고 있다. 그래서 현명하게 체념하고 승리 대신에 재앙을 태연하게 받아들인다. 그것이 유토피아가 가진 운명이다.

우리가 지금 이야기하고 있는 전투는 유토피아를 향한 진동 바로 그것이다. 진보에 족쇄가 채워지면 병이 된다. 그것은 간질처럼 비극적인 것이 된다. 진보가 족쇄에 채워질 때 앓게 되어 있는 병인 내란, 우리는 지금 그것을 만나고 있는 것이다. 그것은 '진보'라는 진짜 제목을 하고 있는 비극 중에서, 극중뿐만 아니라 막간에도 동시에 필연적으로 나오게 되어 있는 장면의 하나이다. 그 비극의 주인공들은 벌 받은 자들이다.

'진보', 그것은 내가 자주 외치는 것이다. '진보'란 무엇인가? 그것은 악에서 선으로, 거짓에서 진실로, 어두움에서 밝음으로, 욕망에서 양심으로, 부패에서 생명으로, 동물적 충동에서 의무로, 지옥에서 천국으로, 허무에서 신으로의 행진, 바로 그것이다. 출발점은 물질, 도착점은 영혼, 시작은 히드라 같은 괴물, 결말은 천사다.

돌연 돌격의 북이 울렸다.

공격은 태풍이었다. 공격대는 기습을 해왔다. 강력한 보병과 국민병과 시민병들이 바리케이드를 향해 일거에 닥쳐왔다.

벽은 잘 견뎠다.

반군들은 맹렬하게 총을 발사했다. 군대는 끝장을 내려 하고 있었고 반군은 최후까지 싸우려 하고 있었다. 바리케이드 한 쪽에는 앙졸라가 있었고 다른 쪽에는 마리우스가 있었다. 앙졸라는 몸을 숨긴 채 총격으로 적들을 쓰러뜨리고 있었으며 마리우스는 몸을 드러내놓고 싸우고 있었다. 몽상가보다 더 무섭게 행동하는 자는 없는 법, 그는 몽상가답게 자신을 전혀 돌보지 않고 있었다.

드디어 그 바리케이드 폐허위에서, 그 샹브르리 거리에서, 트로이 성벽에서와 같은 싸움이 벌어졌다. 누더기를 걸친 채 꼬박 하루 아무것도 먹지 못한 사람들, 한숨도 자지 못한 사람들, 총알도 떨어져가는 사람들, 부상을 입은 대부분의 사람들은 모두 거인이 되어 싸웠다.

하지만 결과는 너무 뻔했다. 많은 반군들이 전투 중 숨을 거두었다.

마리우스는 여전히 싸우고 있었지만 이미 만신창이가 되어 있었다. 특히 머리의 부상이 심해서 얼굴이 온통 피투성이였다. 마치 붉은 손수건을 뒤집어쓴 것 같았다. 오직 앙졸라만이 멀쩡한 채 버티고 있었다.

이제 지휘자 중 바리케이드 양쪽을 지키고 있는 마리우스와 앙졸라만이 살아남아 있었다. 단번에 중앙이 꺾였다. 최후의 공격이 시도되었고 그 공격은 성공했다. 전투 부대의 선두가 바리케이드의 가파른 언덕 위에 나타나자 중앙을 지키던 반군들이 후퇴할 수밖에 없었다.

마리우스는 여전히 밖에 있다가 총알 한 방을 쇄골에 맞았다. 그는 눈을 감고 있었는데 누군가 억센 손이 자기를 붙잡는 것을 느꼈다. 그는 정신을 잃어가며 코제트에 대한 마지막 추억을 떠올렸다. 그리고 생각했다.

'포로가 되는구나. 이제 총살될 것이다.'

이윽고 진압군이 술집 2층 홀까지 진입했을 때 그곳에 살아 있는 자는 단 한 사람, 앙졸라뿐이었다. 그는 탄약도 없고 칼도 없이 소총의 총신만 손에 들고 있었다. 개머리판은 이미 적의 머리를 때리다 부서져 있었다.

진압군 중 하나가 외쳤다.

"저놈이 두목이다. 저 놈을 당장 총살하자."

앙졸라는 대답했다.

"좋다, 나를 총살하라."

그리고는 소총 토막을 내던지고 가슴을 내밀었다.

곧 이어 총성이 울렸다. 앙졸라는 여덟 발을 관통당해 그 자리에 장렬히 쓰러졌다.

마리우스는 그의 생각대로 포로가 되었다. 하지만 적의 포로가 아니라 장 발장의 포로였다. 그가 의식을 잃으며 쓰러질 때 그를 붙잡은 것은 장 발장이었다. 그동안 장 발장은 전혀 전투에 나서지 않았다. 그는 오로지 구조에만 몰두했다. 그런 가운데도 마리우스에게서 조금도 눈을 떼지 않았다.

공격이 회오리바람처럼 휘몰아와 그 누구도 정신이 없었을 때 그는 기절한 마리우스를 품에 안고 코랭트 주점 모퉁이로 사라졌다. 장 발장은 걸음을 멈추고 마리우스를 바닥에 내려놓았다. 그리고 벽에 등을 기대고 주위를 살폈다.

상황은 매우 나빴다. 당분간은 그 벽면에 붙어 피신할 수 있겠지만 어떻게 빠져나갈 것인가? 좌우 모두 바리케이드가 있었고 병사들이 있었다. 새가 되어 날아가는 수밖에는 없는 것 같았다.

장 발장은 양 옆을 살피다가 이어서 땅을 바라보았다. 최후의 궁지에 몰려 마치 그곳에 구멍을 내려는 것처럼 바라보았다. 그러자 정말 기적처럼 그 무언가가 그의 눈에 모습을 드러냈다. 그에게서 몇 걸음 떨어진 곳에서 격자 모양으로 된 맨홀 뚜껑을 발견한 것이다. 강한 쇠창살로 만들어져 있었는데 사방 두 자쯤 되었다. 그것을 지탱하고 있던 포석들의 귀퉁이가 뜯겨져 나가 있었고 그 쇠뚜껑은 뽑혀 있는 것 같았다.

장 발장은 마리우스를 들쳐 업고 그곳으로 뛰어갔다. 돌들을 치우고 뚜껑을 들어 올리고, 팔꿈치와 무릎을 사용하여 그 우물 같은 곳으로 내려갔다. 그는 마리우스를 내려놓고 다시 올라와 쇠뚜껑 문을 닫고 그 위에 돌들을 흩어놓았다. 그런 후 그는 지하 3미터의 바닥으로 다시 내려왔다. 거인의 힘과 독수리의 날쌘 동작으로 그 모든 것을 해치우는 데 겨우 몇 분밖에 걸리지 않았다.

이제 장 발장은 기절해 있는 마리우스와 함께 일종의 긴 지하 통로에 있었다.

거기에는 깊은 평화, 절대적인 정적, 어둠이 있었다. 옛날 코제트와 함께 수도원 마당으로 떨어졌을 때의 느낌이 그에게 다시 들었다. 다만 오늘 그가 데리고 있는 것은 코제트가 아니라 마리우스였다.

진창, 그러나 영혼

파리는 그 아래 또 하나의 파리를 갖고 있다. 하수도들의 파리. 그 또 하나의 파리에도 길이 있고, 네거리, 광장, 막다른 골목이 있으며, 간선도로가 있다. 금세기 초까지만 하더라도 파리의 하수도는 여전히 신비로운 장소였다. 또한 사람들에게 공포를 불러일으키는 곳이었다. 사람들은 하수도에 지네가 우글거리고 있다고 믿었으며 마치 악마가 그곳에 살고 있는 것처럼 이야기했다. 하수도 청소하는 사람들의 커다란 장화도 이미 잘 알려진 지점 너머로는 절대로 가려 하지 않았다.

아무도 파리의 하수도를 탐사하려 하지 않았다. 그곳은 문

둥병 같은 것이 돌고 있는 곳과 같았다. 누가 감히 그 미지의 세계, 그 심연을 탐사하려 하겠는가? 정말로 무시무시한 일이었다. 그런데 누군가가 나타났다. 파리의 시궁창에는 크리스토퍼 콜럼버스가 있었다. 그의 이름은 브뤼조였다.

그가 파리의 지하 오물 처리장을 모두 조사하는 데 1805년부터 1812년까지 7년이 걸렸다. 그는 차근차근 모든 하수도를 탐사해서 정확히 지도를 작성했으며 모든 하수도망을 소독하고 정화했다. 이렇게 해서 파리의 하수도는 19세기 초에 깨끗해졌다.

오늘날 파리의 하수도는 깨끗하고 시원하며, 곧고 정확하다. 진창은 그곳에서 단정하게 움직인다. 그것은 진보 이상이다. 그것은 탈바꿈이다. 옛날의 하수도와 지금의 하수도 사이에는 혁명이 있었고 브뤼조가 그 혁명을 완수했다.

장 발장은 바로 그 파리의 하수도 속에 있었다. 일순간에 모든 것이 변했다. 도시 한복판에서 뚜껑 하나를 열었다가 다시 닫은 것뿐인데 한낮에서 완전한 어둠으로, 정오에서 자정으로, 소란에서 정적으로, 천둥치는 회오리바람 속에서 정체

된 무덤 속으로, 크나큰 위험에서 절대적인 안전으로, 모든 것이 변했다.

장 발장은 한동안 얼떨떨해 있었다. 그곳은 함정 같은 곳이었다. 그러나 그것은 구원의 함정이었다. 그것이 갑자기 그의 밑에 열린 것이다.

다만, 부상자가 조금도 움직이지 않고 있었고 장 발장은 그가 살아 있는지 죽었는지 알 수 없었을 뿐이다. 처음에는 아무것도 보이지 않았지만 얼마 안 있어 희미하게 앞이 보이기 시작했다. 환기창으로 불빛이 들어오고 있었던 것이다. 그는 타일 바닥이 길게 뻗어 있는 걸 확인했다. 악취가 확 풍겨왔다.

그는 마리우스를 잠시 바닥에 내려놓았다가 다시 어깨에 메고 걷기 시작했다. 서둘러야 했다. 쇠창살로 된 맨홀 뚜껑이 병사들의 눈에 띄지 말란 법이 없었다. 얼마 걸어가다보니 갈림길이 나왔다. 그는 비탈길을 올라 오른쪽으로 길을 잡았다. 긴 통로의 모퉁이를 돌았을 때 그는 한 손으로 마리우스의 두 팔을 잡고 다른 손으로 벽을 더듬었다. 채광 환기창의 빛이 사라지고 다시 어둠 속에 잠긴 것이었다. 마리우스의 볼이 그의 볼에 닿았고, 피가 묻었다. 그리고 미지근한 것이 흘러내려 그의 옷 밑으로 스며들었다. 하지만 그의 귀에 닿아 있는 마리우스의 입에는 아직 온기가 남아 있었다. 그는 아직 살아 있었다.

이제 장 발장이 걸어가고 있는 통로는 이전보다 약간 넓었다. 하지만 걷기는 힘들었다. 전날 내린 비가 급류를 이뤄 흘러가고 있었기에 물속에 발을 적시지 않으려면 벽에 몸을 딱붙여야만 했다. 장 발장은 계속 앞으로 걸어갔다. 모든 것을 우연에, 말하자면 하늘의 뜻에 맡겼다. 하지만 그는 공포에 사로잡혀 있었다. 그가 위험을 무릅쓰고 내딛는 한 발 한 발이 마지막 한 발일 수도 있었다. 과연 여기서 나갈 수 있을 것인가? 과연 출구를 찾을 수 있을 것인가? 결국 마리우스는 피를 흘려 죽고 자기는 굶어죽을 것인가? 그는 아무런 답도 갖고 있지 않았다. 그는 괴물의 뱃속에 있었다.

얼마 걷다가 장 발장은 걸음을 멈추었다. 몹시 피곤했다. 꽤넓은 채광 환기창으로 불빛이 들어오고 있었다. 앙즈 거리에 있는 것 같았다. 그는 다정스러운 동작으로 마리우스를 하수도 턱 위에 내려놓았다. 피 묻은 마리우스의 얼굴은 채광 환기창의 희미한 불빛 아래, 마치 무덤 속에 들어 있는 것 같았다. 장 발장은 손가락으로 그의 옷을 헤치고 가슴에 손을 얹어보았다. 심장은 아직 뛰고 있었다. 장 발장은 자기 셔츠를 찢어 그의 상처를 정성스레 묶었다. 그는 어두침침한 곳에서 의식도 없이 거의 숨도 쉬지 않고 있는 마리우스에게 몸을 기울이고 그를 바라보았다. 장 발장의 얼굴에 뭐라고 표현하기 힘든 증오심이 얼핏 나타났다가 사라졌다.

그는 마리우스의 옷을 헤쳐보았다. 거기에 빵 한 조각과 마리우스의 작은 수첩이 있었다. 그는 빵을 먹으면서 수첩을 열었다. 첫 페이지에 마리우스가 써놓은 글이 있었다. 우리가 이미 알고 있는 내용이었다.

나는 마리우스 퐁메르시라는 사람이다. 나의 시체는 마레의 피유 뒤 칼베르 거리 6번지에 살고 있는 나의 할아버지 질노르망 씨 댁으로 가져갈 것.

장 발장은 환기창의 빛에 비추어 글을 읽은 후 나직한 목소리로 되풀이했다.
'피유 뒤 칼베르 거리 6번지 질노르망 씨라.'
그는 수첩을 마리우스의 호주머니에 도로 넣었다. 빵을 먹고 나니 기운이 났다. 그는 마리우스를 다시 등에 업고 그의 머리를 오른쪽 어깨에 기대게 한 후 다시 하수도를 걸어 내려가기 시작했다. 그가 도시의 어떤 곳을 지나고 있는지, 어떤 길을 걸어왔는지 그에게 알려주는 것은 아무것도 없었다. 다만 가끔 만나는 채광창의 빛이 점점 흐려지는 것으로 보아 얼마 지나지 않아 해가 질 것이라고 짐작할 수 있을 뿐이었다. 그리고 머리 위를 굴러가는 마차 소리가 거의 들리지 않는 것으로 봐서 파리의 중심부로부터는 멀어졌다고 짐작할 수 있을 뿐이었다.

어둠이 짙어가고 있었다. 그래도 그는 어둠 속을 더듬으며 계속 앞으로 나아갔다. 이윽고 어둠이 짙어졌다. 장 발장은 자신이 물속으로 들어가고 있음을 느꼈다. 발밑은 포석이 아니라 진흙이었다. 물이 부서지기 쉬운 하층 지면으로 스며들어와 하수도 바닥에 균열이 생기고 무너져내리면서 진흙 구렁이 되어버린 것이었다. 마치 지하도에서 갯벌을 갑자기 만난 것과 같았다. 그것은 흙도 아니고 물도 아니었다.

장 발장은 그런 진흙구렁 앞에 와 있었다. 전날 소나기가 내리는 바람에 생긴 진흙구렁이였다. 그는 그 진흙탕 속으로 들어갔다. 그는 바닥이 가라앉는 것을 느꼈다. 표면은 물이고 바닥은 진흙이었다. 하지만 꼭 지나야 했다. 되돌아가는 것은 불가능했다. 마리우스는 숨져가고 있었고 장 발장은 지쳐가고 있었다.

장 발장은 계속 앞으로 나아갔다. 처음에는 물구덩이가 별로 깊어 보이지 않았다. 그러나 앞으로 나아가면서 점점 발이 깊숙이 빠져 들어갔다. 곧 진흙이 종아리까지 왔고 물은 무릎보다 높아졌다. 그는 두 팔로 마리우스를 가능한 한 위로 들어 올리며 걸음을 계속했다. 두 사람의 무게를 견디지 못한 진흙탕은 그의 발밑에서 푹푹 꺼져가고 있었다.

드디어 물이 장 발장의 겨드랑이까지 왔다. 그는 가라앉는 것을 느꼈다. 그 깊은 진창에서 그는 겨우 몸을 움직일 수 있었다. 그는 마리우스를 들어 올리면서 온 힘을 다해 전진했다. 하지만 그는 계속 빠져 들어가고 있었다. 이제 물 밖으로 나와 있는 것은 그의 얼굴과 마리우스를 받치고 있는 두 팔뿐이었다. 물이 더 깊어지자 그는 숨을 쉬기 위해 얼굴을 뒤로 젖혔다. 암흑 속에서 누군가 그 모습을 보았다면 물 위에 떠 있는 가면 같다고 생각했을 것이다. 머리 위로 마리우스의 축 늘어진 머리와 창백한 얼굴이 어렴풋이 보였다.

그는 거의 절망적인 몸짓으로 발을 앞으로 내디뎠다. 그의 발이 뭔가 단단한 것에 탁 부딪쳤다. 발판이었다. 오오, 하늘이시여!

그는 몸을 일으켜 비틀어 꼬더니 맹렬하게 그곳으로 올라서서 자리를 잡았다. 그것이 장 발장에게는 생명으로 향하는 계단의 첫 발판처럼 여겨졌다. 장 발장은 경사면에 올라 물구덩이 다른 쪽 끝으로 올라섰다.

순간 물에서 나오다가 그는 돌에 부딪쳐 넘어져서 무릎을 꿇었다. 그는 그 자세가 너무 당연하다고 생각하고 잠시 그대로 있었다, 그는 마음속으로 하느님께 감사의 기도를 드렸다.

그는 다시 몸을 일으켜 세웠다. 몸은 떨렸고 고약한 냄새를 풍겼으며, 등에는 빈사자를 짊어진 채 아래로는 흙탕물을 뚝뚝 떨어뜨리고 있었다. 하지만 마음은 이상한 빛으로 가득 차 있었다.

그는 기진맥진했다. 그러나 그의 힘은 다 빠졌을지 몰라도 그의 의지는 그렇지 않았다. 그는 죽을힘을 다해 걸었다. 그때 아주 멀리 저 지하도 끝에서 한 줄기 빛이 보였다. 무서운 빛이 아니었다. 그것은 축복의 흰 빛이었다. 햇빛이었다. 출구가 장 발장에게 모습을 보인 것이다.

지옥의 불길에 휩싸여 지내던 영혼이 지옥의 출구를 보게 된다면 꼭 장 발장과 같이 느낄 것이다. 장 발장은 더 이상 피로를 느끼지 않았고 마리우스의 무게도 느끼지 않았다. 그는 출구를 향해 걷는다기보다는 차라리 뛰었다.

장 발장은 출구에 도착했다. 거기서 그는 걸음을 멈추었다. 출구는 분명했다. 하지만 나갈 수가 없었다. 튼튼한 쇠창살로 된 아치 모양의 문은 잠겨 있었다. 그리고 문틀에 두툼한 자물쇠가 채워져 있었다. 쇠창살 너머로 공기와 강, 햇빛, 강둑, 강변, 요컨대 사람들이 그토록 쉽게 몸을 감출 수 있는 구덩이 같은 파리가 그곳에 있었다. 오른 편 하류에는 이에나 다리가, 왼쪽 상류에는 앵발리드 다리가 뚜렷이 보이고 있었다. 밤까지 기다렸다가 도망치기에 좋은 장소였다. 파리에서 가장 한적한 곳 중의 하나였던 것이다.

저녁 8시 30분쯤 되었으리라. 해가 지고 있었다. 장 발장은 마리우스를 벽에 기대어놓고 두 주먹으로 문살을 꽉 잡았다. 미친 듯이 흔들었지만 꿈쩍도 하지 않았다. 문살 하나하나도 견고하기 그지없게 박혀 있었다.

이제 도리가 없었다. 돌아갈 수도 없었다. 장 발장의 시도는 모두 수포로 돌아가고 말았다. 그는 마리우스 곁에 앉아 머리를 두 무릎 사이에 박았다. 이제 더 이상 출구는 없었다. 마지막 한 방울의 고뇌였다.

이 절망 속에서 그는 누구를 생각하고 있었는가? 자기 자신도 아니고 마리우스도 아니었다. 그는 코제트를 생각하고 있었다.

그가 그렇게 극도로 낙심하고 있을 때였다. 그는 자신의 어깨 위에 손 하나가 놓이는 것을 느꼈다. 이어서 아주 낮은 목소리가 들렸다.

"둘이서 나눠 갖기로 하지."

이 어둠 속에 누가 있었던 것인가? 장 발장은 꿈을 꾸고 있다고 생각했다. 전혀 발소리도 들리지 않았었다. 그는 눈을 들었다. 한 사나이가 그의 눈에 들어왔다.

작업복을 입은 맨발의 사나이였다. 그는 한 손에 신발을 들고 있었다. 들키지 않고 장 발장에게 가까이 오기 위해 신발을 벗었던 것이다.

장 발장은 그를 한눈에 알아보았다. 테나르디에였다. 하지만 장 발장은 놀란 티를 내지 않았다. 그는 위급한 일에 익숙해 있었고 예기치 않은 일에도 단련이 되어 있어서 금방 제정신을 차릴 수 있었다.

테나르디에는 장 발장을 알아보지 못했다. 햇빛에 등을 돌리고 있었고 게다가 한낮에도 알아볼 수 없을 만큼 몰골이 흉했으며 진흙투성이에 얼굴에는 피가 묻어 있었다. 마치 베일을 쓴 장 발장과 가면을 벗은 테나르디에가 만난 것 같았다.

장 발장은 테나르디에가 자신을 알아보지 못한다는 것을 곧 눈치챘다. 그들은 어슴푸레한 빛 속에서 한동안 서로를 바라보며 서 있었다. 테나르디에가 먼저 침묵을 깼다.

"여기서 어떻게 나갈 건가?"

장 발장은 대답하지 않았다.

"열쇠가 없으면 못 나간다고. 그러니 나누어 갖자는 거야."

"그게 도대체 무슨 말이냐?"

"시치미 떼기는……. 너 저 사람을 죽였잖아. 내겐 열쇠가 있어. 그러니 전리품을 나누어 갖자고."

그제야 장 발장은 테나르디에의 말을 알아들었다. 그는 자신을 살인강도로 알고 있는 것이다. 테나르디에가 말을 이었다.

"저 친구 주머니에 뭐가 들었는지 보지도 않고 죽인 건 아니겠지. 내 몫으로 반을 내놔. 내가 문을 열어주지. 여기 밧줄도 주지. 저 녀석을 강물에 가라앉히려면 밧줄과 돌이 필요할 거야." 그러면서 그는 주머니에서 밧줄을 꺼냈다. 장 발장은 엉겁결에 밧줄을 받았다.

그런데 이상한 것이 있었다. 테나르디에가 무언가로부터 경계심을 느끼는 듯 보였기 때문이다. 목소리는 한껏 낮추었으며 때때로 손가락을 입에 갖다 대고 '쉬!'라고 말하기도 했다. 아마 누구에겐가 쫓기고 있던 모양이라고 장 발장은 생각했다.

"자, 끝내자고. 이 자의 호주머니에 얼마가 있었지?"

장 발장은 언제나 제법 많은 돈을 수중에 지니고 있었다. 하지만 이번에는 아니었다. 국민병 제복으로 갈아입으면서 깜빡하고 지갑을 넣고 오지 않은 것이었다. 조끼 주머니를 뒤져 보니 겨우 30프랑의 돈이 나왔다. 그는 돌 위에 20프랑짜리 루이 금화 한 닢과 5프랑짜리 은전 두 닢, 5~6수의 동전들을 늘어놓았다.

테나르디에는 아랫입술을 내밀었다.

"얼마 되지도 않는 돈 때문에 사람을 죽였군."

그는 아무 스스럼없이 장 발장과 마리우스의 호주머니를 만지기 시작했다. 장 발장은 햇빛을 향해 등을 돌리는 데 정신이 팔려 그가 하는 대로 내버려두고 있었다. 테나르디에는 마리우스의 옷을 만지작거리면서 요술쟁이 같이 민첩한 솜씨로 그의 옷자락 한쪽을 찢어서 자기 작업복 아래 넣었다. 훗날 살인자와 살해된 자가 누구인지 알아보는 데 도움이 되리라고 생각한 것 같았다.

그는 30프랑 외에는 아무것도 찾아내지 못했다. 그는 나누어 갖자는 말을 잊은 듯 돈을 다 챙겼다. 그러더니 장 발장이 마리우스를 어깨에 다시 메는 것을 도와주고, 밖을 살펴본 후 열쇠를 자물쇠에 꽂았다. 문이 아주 부드럽게 열렸다.

잠시 후 장 발장은 바깥으로 나왔다.

장 발장은 마리우스를 둑에 내려놓았다. 맑고 자유로운 공기가 그를 흠뻑 적셔주고 있었다. 아주 애매한 시간이었다. 이미 충분히 어두워져서 멀리 어둠 속으로 사라질 수도 있었고, 아직 햇빛이 충분히 남아 있어서 가까이 다가서면 상대방 얼굴을 알아볼 수도 있었다.

장 발장은 자기 앞에 펼쳐진 광대한 옅은 어둠을 응시했다. 그는 생각에 잠겼다. 영원한 하늘의 장중한 고요 속에서 황홀감을 느끼며 기도로 온 마음과 몸을 적셨다. 그런 뒤에 그는 얼른 마리우스 쪽으로 몸을 구부리더니 물을 떠서 그의 얼굴에 가만히 뿌렸다. 마리우스는 눈을 뜨지 않았다. 하지만 반쯤 열린 입으로 숨은 쉬고 있었다.

장 발장이 또다시 물에 손을 넣으려는 순간, 그는 자기 등 뒤에 누군가가 있는 것 같은 느낌을 받았다. 그는 돌아보았다. 정말 누군가가 그의 뒤에 있었다.

긴 프록코트로 몸을 감싼 키 큰 남자 한 명이 곤봉을 손에 들고 팔짱을 낀 채 장 발장 몇 걸음 뒤에 서 있었다. 어스름했기에 마치 유령 같았다.

장 발장은 그의 얼굴을 금세 알아보았다. 자베르였다. 그는 테나르디에를 뒤쫓아 이곳까지 왔다가 그를 놓친 것이었다. 테나르디에는 그가 자신을 쫓고 있는 것을 알았다. 그가 장 발장에게 그렇게 친절하게 쇠창살문을 열어준 것은 자기 나름 대로의 묘책이었다. 그 사냥개에게 더 큰 뼛조각을 던져주어 자신을 잊게 만들자는 것이었다.

장 발장은 테나르디에라는 암초를 피해 나오자 다시 자베르라는 더 큰 암초를 만난 것이었다. 둘 다 가혹하기 짝이 없는 만남이었다.

자베르는 테나르디에가 그랬듯 장 발장을 당장에 알아보지 못했다. 자베르는 곤봉을 손으로 꼭 쥐고 침착한 목소리로 말했다.

"거기 누구요?"

"나요."

"나라니? 도대체 누구요?"

"장 발장."

자베르는 곤봉을 입에 물더니 무릎을 구부려 몸을 기울이고 장 발장의 어깨에 두 손을 올려놓았다. 두 눈이 무서운 표정을 하고 있었다.

"당신 거기서 뭐하는 거요? 그리고 그 사람은 누구요?"

자베르는 장 발장에게 여전히 존댓말을 하고 있었다.

"바리케이드에 있던 사람이오. 마리우스라고 하는 사람이오. 그는 부상을 입었소. 부탁이 있소. 나는 체포해도 좋소. 내가 당신에게 내 주소를 준 건 도망칠 생각이 없어서였소. 하지만 우선 이 사람을 그의 집에 돌려줄 수 있도록 도와주시오."

자베르의 얼굴에 긴장의 빛이 떠올랐다. 하지만 그는 안 된다고는 하지 않았다. 그가 마리우스의 맥을 짚었다. 그러자 장 발장이 말했다.

"부상당한 거요."

"죽은 것 같소"라고 자베르가 말했다.

장 발장이 대답했다.

"아니오, 아직 죽지는 않았소. 이 사람 조부가 피유 드 칼베르 거리에서 사는 것 같은데……. 그분 이름이 뭐더라."

장 발장은 마리우스의 옷을 뒤져 작은 수첩을 꺼내어 자베르에게 내밀었다. 아직 글씨를 읽을 만한 정도의 빛은 있었다. 자베르는 마리우스가 써놓은 주소를 읽었다.

"피유 드 칼베르 거리 6번지 질노르망."

그런 뒤 그는 뒤를 보고 소리쳤다.

"마차꾼!" 그런 후 자베르는 수첩을 마리우스의 주머니에 넣었다.

잠시 후 마차가 오자 마리우스는 안쪽에 눕히고 자베르는 장 발장 옆에 앉아 있었다.

삯 마차가 피유 드 칼베르 거리 6번지에 도착했을 때는 완전한 밤이었다. 자베르가 제일 먼저 마차에서 내리더니 무쇠 손잡이를 들어 세차게 문을 두드렸다. 문지기가 하품을 하면서 반쯤 몸을 내놓았다.

그사이 장 발장은 마리우스를 마차에서 끌어냈다. 아직 심장이 뛰고 있었다. 자베르는 관료의 말투로 문지기에게 말을 걸고 있었다.

"질노르망이라는 사람 집이 여기요?"

"네, 맞습니다. 무슨 일이지요?"

"그의 아들을 데려왔소."

"아들요?"라고 문지기가 얼빠진 듯 물었다.

문지기가 하녀를 깨우고 이어서 집안사람을 깨워 마리우스를 이 집 2층으로 옮기는 동안 자베르와 장 발장은 함께 삯 마차에 올랐다.

장 발장이 자베르에게 말했다.

"한 가지 부탁이 더 있소."

"뭐요?"

"잠깐 내 집에 들르게 해주시오. 그런 다음 당신 하고 싶은 대로 하시오."

자베르는 잠시 말이 없더니 앞창 유리를 내리고 마차꾼에게 말했다.

"옴므아르메 거리 7번지로."

그들은 가는 내내 입을 열지 않았다. 장 발장은 코제트에게 마리우스가 있는 곳을 알려주고 자신이 할 수 있는 최후의 일들을 조치하기 위해서 집으로 가려 했던 것이다.

옴므아르메 거리 입구에서 마차가 섰다. 골목이 너무 좁아 마차가 들어갈 수 없었던 것이다. 그들은 거리로 들어섰다. 자베르는 장 발장을 뒤따랐다. 7번지에 도달하자 장 발장이 문을 두드렸다. 문이 열렸다. 자베르는 거기서 기다리겠다고 말한 후 장 발장을 홀로 집 안으로 들여보냈다.

장 발장은 2층으로 가서 소파에 몸을 묻었다. 층계참의 창문은 열려 있었다. 장 발장은 아무 생각 없이 창문에 머리를 내놓았다. 가로등에 거리가 훤히 보였다. 장 발장은 멍하니 넋

을 잃었다. 그곳에 아무도 없었다. 자베르가 가버리고 없었던
것이다.

한편 마리우스는 응접실로 옮겨지고 곧바로 의사가 달려왔
다. 질노르망 이모도 일어났다. 의사는 찬물로 마리우스의 얼
굴과 머리를 닦았다. 통에 가득한 물은 일순간에 붉어졌다. 문
지기가 손에 촛불을 들고 비춰주고 있었다.

의사가 마리우스의 얼굴을 닦고 아직도 잠겨 있는 문에 가
볍게 손끝을 댔을 때 응접실 안쪽 문이 열리더니 창백한 긴
얼굴이 하나 나타났다. 할아버지였다.

노인은 잠귀가 밝기 마련이다. 아무도 그를 깨우지 않았지
만 소란에 그는 잠에서 깨어난 것이었다. 그는 침대와 거기 누
운 청년의 모습을 보았다. 밀랍처럼 희고, 눈을 감고 있으며,
입은 열린 채 새파란 입술의 그 청년을. 허리까지 벌거벗은 채
온몸이 피투성이인 채 꼼짝 않고 있는 그 청년을.

노인은 앙상한 팔다리를 와들와들 떨었으며 얼굴이 흙빛이
되었다. 두 팔은 축 늘어진 채 노인은 중얼거렸다.

"마리우스!"

그러자 하녀가 말했다.

"어르신, 사람들이 방금 도련님을 데려왔습니다. 바리케이드에 가셨다는데……."

노인은 무시무시한 목소리로 외쳤다.

"마리우스! 죽었구나! 이 못된 놈 같으니!"

그러더니 노인은 젊은이처럼 몸을 똑바로 세우고 의사에게 물었다.

"선생, 이놈이 죽은 거요? 산 거요?"

순간 마리우스가 천천히 두 눈을 떴다. 아직 혼수상태에서 완전히 벗어나지 못한 그의 눈길이 질노르망 노인의 얼굴에서 멎었다.

"마리우스!"라고 노인이 부르짖었다.

"마리우스! 내 귀여운 마리우스! 내 아기! 내 사랑하는 아들! 네가 눈을 떴구나. 네가 나를 보는구나. 살아 있구나, 아아 고맙다!"

그런 후 노인은 실신해서 쓰러졌다.

자베르의 탈선

　　자베르는 천천히 걸어서 옴므아르메 거리로부터 멀어졌다. 그는 생전 처음으로 머리를 숙이고 생전 처음으로 뒷짐을 지고 걷고 있었다. 그는 나폴레옹의 두 자세 중에서 팔짱을 끼는 자세, 즉 결심을 나타나는 자세만 해 왔었다. 망설임을 나타내는 뒷짐 진 모습은 그에게 어울리지 않았다.

　　그는 고요한 거리로 들어섰다. 그는 센강 쪽을 향해 지름길을 택해 강둑에 올랐다. 그리고 강둑을 걸어 노트르담 다리 모퉁이에 멈추었다. 센강 중에서도 가장 물살이 세어 뱃사공들이 두려워하는 곳이었다.

자베르는 다리 난간에 두 팔꿈치를 기대고 턱을 두 손으로 받쳤다. 새로운 것이, 혁명 같은 것이, 대 격변이 그의 마음 깊은 곳에서 일어나고 있었다. 그리고 그는 고민에 빠져 있었다.

몇 시간 전부터 더 이상 그는 단순한 사람이 아니었다. 그의 마음은 흔들리고 있었다. 그렇게 명쾌했던 그의 머리는 투명함을 잃었고 그 수정같이 맑던 곳에 한 조각의 구름이 떠 있었다.

그는 자신의 처지를 스스로 설명할 수가 없었다.

범죄자에게 목숨을 빚진 것, 그 빚을 받아들이고 그 빚을 갚은 것, 전과자와 동등한 입장에서 그의 도움을 받고 그에 보답한 것, "가라"는 전과자의 말을 받아들이고 그에 대한 보답으로 그에게 자유를 준 것, 그것에 대해 그는 망연자실해 있었다. 개인적인 동기로 의무를, 그 보편적인 책임을 회피한 것, 게다가 그 개인적인 동기 속에서 역시 보편적인 그 무엇, 아마 더 우월할지도 모를 그 무엇을 느낀 것, 자기의 양심에 충실하기 위해 사회를 배반한 것, 이런 터무니없는 일들이 자신에게 일어나고 있다는 사실에 대해 그는 극심한 충격을 받고 있었다.

장 발장이 그를 용서한 것이 그를 놀라게 했다면, 자베르 자신이 장 발장을 용서했다는 사실에 그는 아연실색했다. 그토록 소중하게 지켜왔던 사회 법규를 스스로 위반하다니! 공적으로 옳은 일 대신에 개인적으로 옳다고 생각한 일을 하다니! 생각만 해도 온몸이 떨려왔다. 어떻게 해야 하는가?

방법은 단 하나뿐이었다. 지금이라도 옴므아르메 거리로 돌아가 장 발장을 체포하는 것, 그것이 그가 해야 할 일인 것은 너무도 분명했다. 하지만 그는 그 일을 할 수 없었다. 자베르 안의 무엇인가가 그런 그를 막고 있었다. 도대체 그게 무엇인가? 이 세상에 법의 엄격한 집행, 선고, 법정, 경찰, 관리 외에 또 다른 것이 있는가? 도대체 성스러운 징역수, 법이 손댈 수 없는 죄수, 그런 게 있을 수 있는가! 그런데 자기 눈앞에 엄연히 존재하고 있지 않은가!

자베르와 장 발장, 벌을 주도록 정해져 있는 인간과 벌을 받게 되어 있는 인간, 모두 법의 대상이 되고 있는 이 두 사람이 모두 법 위에 놓이는 상태에 와 있다는 것, 그것은 무서운 일이 아닌가! 어떻게 그런 일이 있을 수 있단 말인가! 그런 엄청난 일을 벌이고도 아무도 벌을 받지 않는다! 죄인 장 발장은 사회질서 전체보다 더 강한 존재로 자유롭게 지내고 역시 죄인인 자베르 자신은 계속 정부의 빵을 먹는다니!

그는 자신의 몽상 속에서 점점 무서움을 느꼈다.

장 발장이야말로 그의 정신을 짓누르는 무거운 짐이었다. 그의 전 생애를 지배했던 자명한 이치들이 그 사람 앞에서 무너지고 있었다. 장 발장이 자신에 대해 관용을 베푼 것, 그것이 그를 압도하고 있었다. 도저히 있을 수 없는 일이라고 생각했던 것이 엄연한 현실로 그에게 나타났다. 장 발장의 뒤에 마들렌 시장의 얼굴이 나타나고, 그 두 얼굴이 겹쳐 숭고한 그 무엇을 이루고 있었다. 죄수에 대한 찬탄의 감정이 그의 마음속에 스며드는 것을 자베르는 느끼고 있었다. 그리고 그 사실이 그 무엇보다 무서웠다. 징역수를 존경하다니! 그런 일이 있을 수 있는가! 그는 아무리 몸부림쳐도 마음속으로 그 죄인이 숭고하다는 것을 인정할 수밖에 없었다. 그리고 그 사실이 견딜 수 없을 만큼 가증스러웠다.

자선을 베푸는 범죄자, 동정심 많고 온화하며, 남을 돕기를 좋아하는 관대한 범죄자, 악을 선으로 갚고, 증오를 용서로 갚으며, 복수보다 연민의 정에 더 이끌리는 범죄자, 적을 파멸시키기보다는 자신을 파멸시키는 길을 택하고, 저를 때린 자를 구조하는 범죄자, 인간보다는 천사에 가까운 징역수! 자베르는 그런 괴물이 존재한다는 것을 인정하지 않을 수 없었다.

그는 인간에게 선함이 존재한다는 것을 인정하지 않을 수 없었다. 그 징역수는 선량했다. 그리고 그 자신도, 정말 믿기지 않는 일이지만, 아까 선량한 짓을 했다. 그는 비정상적이 되어 버린 것이다. 그는 자신이 비열하다고 생각했다. 그는 자신이 혐오스러웠다. 그가 이상으로 삼은 것은 인간적이 되는 것이 아니었다. 위대해지는 것도 아니었다. 숭고해지는 것도 아니었다. 그가 이상으로 삼은 것은 흠결 하나 없는 사람, 나무랄 데 없는 사람이 되는 것이었다. 그런데 방금 과오를 범했다.

자베르 속에서 일어나고 있는 것, 그것은 직선으로 향하던 의식의 탈선이었다. 직선으로 질주하던 정직성이 신에 의해 산산이 부서진 것, 바로 그것이었다. 그가 믿었던 것이 모두 사라져가고 있었다. 대신 그는 이제까지 이해할 수 없었던 것들, 그러나 뚜렷하게 그를 압박해오는 것들 아래 그의 두뇌가 방긋이 열리는 것을 느끼고 있었다. 일종의 기적이 그의 내부에서 일어난 것이다.

하지만 정확히 말하면 그는 그 기적에 의해 변모한 사람이라기보다는 그 기적의 희생자에 가까웠다. 그는 이제 이 세상에 자신이 존재한다는 것이 너무나 어렵다는 것, 자신의 호흡이 영원히 답답하리라는 것을 느끼고 있었다. 마음속에 미지의 것을 지니고 산다는 것, 그것이 그에게는 익숙하지 않았다. 확신하고 있던 것이 모두 허물어진 세계 속에 산다는 것이 그에게는 불가능했다.

칠흑 같은 어둠이었다. 자정도 지나 있었다. 구름이 하늘의 별들을 가리고 있었다. 시테 섬들의 집에서도 불빛이 보이지 않았다. 거리도 강둑도 보이는 것은 모두 텅 비어 있었다.

자베르는 강물을 굽어보았다. 모든 것이 시커멓게 어두웠다. 자베르는 몇 분간 꼼짝 않고 서서 그 어두운 구멍을 바라보았다. 물결이 살랑거리고 있었다. 그는 모자를 벗어 강둑 위에 놓았다. 잠시 후 검은 형체 하나가 난간 위에 서 있는 것이 보였다. 멀리서 행인이 보았다면 유령이라고 생각했을 것이다. 그 형체는 센강 쪽으로 몸을 구부렸다가 다시 몸을 일으키더니 어둠 속으로 곧장 떨어졌다. 물결이 가볍게 찰랑거리는 소리를 냈을 뿐이었다.

손자와 할아버지

마리우스는 오랫동안 삶과 죽음 사이를 헤매고 있었다. 여러 주 동안 헛소리를 하고 열이 났으며 머리 상처의 충격으로 인해 위중한 증상을 보이고 있었다. 그는 단말마의 고통 속에서도 코제트의 이름을 연거푸 불렀다.

그가 앓고 있는 사이, 매일, 어떤 때는 하루에 두 번씩 백발의 신사가 찾아와 문지기에게 그의 안부를 묻고 마리우스 치료에 쓰라며 커다란 붕대 꾸러미를 놓고 가곤 했다.

마침내 9월 7일, 죽어가는 그를 그의 할아버지 집에 데려온 지 꼭 4개월 만에 의사는 그가 살아날 것을 보증한다고 말했다. 그렇지만 마리우스는 쇄골 골절 후유증으로 꼬박 두 달을 더 긴 의자에 누워있어야만 했다.

그가 사경을 헤매는 동안 질노르망 노인은 고통에 빠져 있었으며, 그가 살아나자 더없는 기쁨을 느꼈다. 마리우스가 이제 위험에서 벗어났다고 의사가 그에게 알리자 그는 춤을 추면서 노래를 불렀다. 노인은 자기 방으로 들어가더니 생전 하지 않던 기도를 했다. 그는 마리우스를 남작님이라고 불렀고, "공화국 만세!"라고 외치기도 했다. 모르는 사람이 본다면 그가 정신착란에 빠졌다고 할 판이었다.

죽음의 위험에서 깨어난 마리우스는 오로지 코제트 생각뿐이었다. 그는 코제트가 어떻게 되었는지 전혀 모르고 있었다. 샹브르리 거리의 일들도 모두 머릿속 한 조각의 구름 같기만 했다. 그의 머릿속에 에포닌, 가브로슈, 마뵈프와 그의 친구들의 모습이 연기처럼 뒤섞여 어렴풋이 떠 있었다. 포슐르방 씨의 영상도 떠올랐는데 그가 그곳에 있었다는 것이 수수께끼 같기만 했다. 그는 자신의 생명에 대해 아무것도 몰랐다. 누가 자기를 구해주었는지도 몰랐고 주변에서 아는 사람도 하나 없었다.

한편 마리우스는 할아버지와의 격렬한 싸움을 각오하고 있었다. 그는 할아버지를 왕년의 완고한 할아버지 모습으로만 여기고 있었다. 마리우스는 가끔 할아버지에게 시험 삼아 가벼운 정치적 논전을 유도하곤 했다. 하지만 노인은 입을 다물었다. 마리우스는 할아버지의 분노가 커서 침묵하고 있다고 생각했다.

거절당할 경우에 그는 붕대를 뜯어 생살을 드러내고 음식도 거부하기로 마음먹었다. 그의 상처는 곧 그의 무기였다. 코제트를 갖느냐, 아니면 죽느냐. 그는 인내심을 가지고 때를 기다렸다.

드디어 때가 왔다.

어느 날 질노르망 씨는 마리우스 쪽으로 몸을 기울이고 더없이 부드럽게 말했다.

"저, 마리우스야. 내가 너라면 이제 생선보다 고기를 먹겠다. 광어 튀김이 회복기 초기에는 좋지만 기운을 회복하려면 커틀릿이 필요해."

거의 기운을 다 회복한 마리우스는 상반신을 일으키더니 불끈 쥔 두 주먹으로 침대 시트를 짚은 후, 할아버지를 똑바로 바라보며 무서운 표정으로 말했다.

"그렇다면 저도 한 말씀 드리겠습니다."

"뭐냐?"

"제가 결혼하고 싶다는 겁니다."

"그럴 줄 알았지"라며 할아버지는 껄껄 웃었다.

"네? 알고 계셨다고요?"

"그럼 알고 있었지. 그래, 네가 말한 그 여자아이. 가져라."

마리우스는 깜짝 놀랐다. 너무 놀라 몸이 떨릴 지경이었다.

할아버지가 말을 이었다.

"그래, 가져라. 너의 예쁘고 사랑스러운 소녀를. 그 애는 매일 네 안부를 물으러 오는 셈이다. 그 애 대신 노인 한 명이 매일 찾아오니까. 네가 부상당한 이래, 울면서 거즈를 만드는 일에 시간을 다 보내고 있다더라. 그 애는 옴므아르메 거리 7번지에 살고 있단다. 중요한 건 네가 그 애를 원한다는 거다. 그리고 나도 알아봤다. 그 애는 매력적이고 현명하다더라. 그 애는 보배다. 너를 정말 열렬히 사랑하더라. 그 애 이름이 코제트지? 코제트도 좋고 너희 사랑도 좋다. 더 이상 바랄 게 없다. 자, 도련님, 결혼해주시지요. 내 사랑하는 아기야, 행복해야지.”

말을 마친 후 노인은 오열을 터뜨렸다. 그는 마리우스의 머리를 잡더니 가슴에 꼭 껴안았다. 그리고 둘이 함께 울었다. 할아버지와 손자로서 최고의 행복을 느끼는 그런 순간이었다.

마리우스가 할아버지에게 “아버지!”라고 외쳤다.

그러자 노인이 말했다.

“오, 아버지라고! 그렇다면 너는 나를 사랑하는구나!”

코제트와 마리우스는 다시 만났다. 그 만남이 어떠했는지 묘사하는 것은 그만두자. 묘사해보려고 해도 안 되는 것들이 있기 마련인데, 예컨대 태양도 그중의 하나다.

어쨌든 코제트는 기쁘면서도 두려운 가운데 그 집에 나타났다. 천국에 있는 기분이었을 것이다. 코제트의 뒤로 백발의 근엄한 남자가 나타났다. 미소를 짓고 있었지만 어딘가 비통함이 서려 있었다. 그는 ‘포슐르방 씨’였다. 그는 장 발장이었다. 그는 옆으로 비켜나듯이 문 옆에 따로 서 있었다. 그는 겨드랑이에 종이로 싼 책 꾸러미 비슷한 것을 들고 있었다.

“저 양반은 늘 저렇게 책을 팔에 끼고 계시나?”라고 책을 좋아하지 않는 질노르망 양이 낮은 목소리로 속삭였다. 그 소리를 들은 질노르망 씨가 말했다.

"그래, 저분은 학자다. 그래서, 그게 저분 잘못이냐?"

질노르망 씨가 그에게 인사를 했다.

"트랑슐르방 씨!"

질노르망 씨가 일부러 그렇게 부른 것이 아니었다. 그는 예전이나 지금이나 사람 이름에 별로 주의를 기울이지 않는 버릇이 있었다.

"트랑슐르방 씨, 제 손자 마리우스 퐁메르시 남작을 위하여 따님께 청혼하게 된 것을 영광으로 생각합니다."

'트랑슐르방' 씨는 머리를 숙였다.

"자, 이제 모든 게 다 결정됐습니다" 하고 조부가 말했다.

그런 후 마리우스와 코제트 쪽으로 몸을 돌리고 두 팔을 뻗어 축복했다.

"너희 둘이 서로 열렬히 사랑하는 것을 허락한다."

마리우스는 코제트 옆으로 가서 손을 잡았다. 질노르망 씨가 코제트를 보며 말했다.

"참으로 예쁘구나, 참으로 예뻐! 우아하기도 해라. 이건 걸

작이다. 남작 부인으로 그칠 리 없어. 후작 부인으로 태어났어. 그런데 참으로 유감이구나. 내가 가지고 있는 것의 반 이상이 종신 연금이니 내가 살아 있는 동안은 그래도 괜찮겠지만, 아, 내가 죽은 뒤에는, 가엾은 아이들아, 너희는 무일푼이 되겠구나. 남작 부인의 아름다운 흰 손이 일을 해야만 하겠구나."

이때 장엄하고 침착한 음성이 들려왔다.

"외프라지 포슐르방 양에게는 60만 프랑의 돈이 있습니다."

"60만 프랑!" 질노르망 씨가 깜짝 놀라 외쳤다.

"아마 1만 5,000프랑 정도 부족할지 모르겠습니다."

장 발장은 그렇게 말하며 질노르망 이모가 책이라고 생각했던 꾸러미를 테이블 위에 놓았다. 그는 손수 포장을 풀었다. 사람들이 그것을 세어 보았다. 1,000프랑짜리 500장과 500프랑짜리 168장이 들어 있었다. 모두 58만 4,000프랑이었다.

"이거 정말로 좋은 책이로군!"이라고 질노르망 노인이 말했다.

"58만 4,000프랑!" 질노르망 이모가 중얼거렸다.

마리우스와 코제트는 서로 바라보는 데 열중해 있었고, 그런 세세한 일에는 주의를 기울이지 않았다.

잠깐 그 금액에 대해 궁금해할 독자들을 위해 약간 설명을 하기로 하자. 애당초 장 발장이 몽페르메유 숲 근처에 묻은 돈은 63만 프랑이었다. 장 발장은 돈이 필요할 때마다 그곳에 가서 돈을 가져오곤 했다. 그가 마지막으로 그곳에서 파내온 총액은 58만 4,500프랑이었다. 그는 만약에 대비해서 500프랑을 자기 몫으로 떼어놓고 모두 내놓았다.

그 차액은 10년 동안 그가 코제트와 살면서 쓴 비용이었다. 4만 5,000프랑 가까이 쓴 셈이었다. 한 가지 더 덧붙인다면 수도원에 5년 동안 머무는 데는 5,000프랑밖에 들지 않았다.

이제 모두 결혼 준비에 열심이었다. 의사의 말로는 2월 정도 되면 마리우스가 결혼할 수 있으리라고 했다. 그때는 12월이었다. 너무 행복한 몇 주일이 그렇게 흘러갔다.

그동안 장 발장이 가장 열심히 서두른 일은 코제트의 신원증명서를 만드는 일이었다. 그녀의 출신이 혹시 결혼에 방해가 될 수도 있지 않을까 생각한 것이다. 그는 프티 퓌픽스 수녀원에 사람을 보냈다. 착한 수녀들은 모든 것을 장 발장이 원하는 대로 해주었다. 코제트는 부모 없는 고아가 되었고 외프라지 포슐르방이 되었다. 장 발장은 포슐르방이라는 이름하에 그녀의 후견인이 되었고 질노르망 씨는 대리 후견인이 되었다.

코제트는 자기가 그토록 오랫동안 아버지라고 불렀던 분이 아버지가 아니라는 것을 알게 되었다. 그는 친척일 뿐이었다. 다른 때였다면 그녀는 마음이 너무 아팠을 것이다. 그러나 그녀는 이루 말로 표현할 수 없는 기쁨에 들떠 있었다. 그녀의 마음에 약간의 그늘이 생겼지만 오래 가지 않았다. 그녀에겐 마리우스가 있었다. 젊은 청년이 그녀에게 오고 있었고 노인은 그녀에게서 꺼져가고 있었다. 인생이란 그런 것이다. 하지만 그녀는 장 발장을 여전히 아버지라고 불렀다.

장 발장이 코제트에게 사회적으로 떳떳한 신분을 만들어주는 동안 질노르망 노인은 결혼 선물에 온 정신이 팔려 있었다. 아침마다 할아버지가 코제트에게 아낌없이 주는 고급 골동품 선물들, 온갖 장식품들이 그녀 주위에서 찬란하게 꽃피어나고 있었다.

질노르망 이모는 약간 냉정하고 평온하게 그 모든 것을 지켜보고 있었다. 그동안 그녀는 마음속으로 놀라고 있었다. 마리우스가 바리케이드로부터 실려 온 것, 그가 거의 죽었다가 살아난 것, 마리우스가 아버지와 화해한 것, 마리우스가 약혼한 것, 그가 가난한 여자와 결혼하게 된 것 등등이 모두 그녀를 놀라게 했다. 그런데 마리우스가 결국 갑부 여자와 결혼하게 되었다는 것, 그것이 그녀의 마지막 놀라움이었다. 코제트가 지니게 된 60만 프랑의 돈은 그녀의 결심을 확고하게 만들었다.

그녀의 아버지는 늘 그녀를 대수롭지 않게 생각했다. 그래서 마리우스의 결혼에 대해서도 그녀와 단 한 마디 상의도 하지 않았다. 그녀는 온순한 성격이었지만 불쾌한 것은 어쩔 수 없었다. 그녀는 속으로 생각했다.

'아버지는 마리우스의 결혼 문제를 나 빼놓고 결정하셨어. 그렇다면 내 유산 문제는 아버지 없이 내가 결정해야지.'

전에도 말했지만 질노르망 노인은 큰 부자가 아니었지만 그녀는 부자였다. 만약 코제트에게 돈이 없었다면 십중팔구 그녀는 그대로 내버려두었을 것이다. 그녀는 '마리우스가 거지와 결혼하면 그도 거지가 돼야지'라고 생각했을 것이다. 그런데 코제트의 재산, 100만 프랑의 반이나 되는 재산이 그녀의 마음을 움직였다.

‘60만 프랑의 돈은 무시할 수 있는 액수가 아니야.’

그녀는 그 젊은이들에게 자기 재산을 물려줄 수밖에 없게 되었다고 분명히 생각했을 것이다. 이유도 분명했다. 그들이 부자니까. 그들에게는 자신의 재산이 필요 없게 되었으니까.

신혼부부는 할아버지 집에서 살기로 결정되었다. 질노르망 씨는 집에서 가장 아름다운 자기 방을 기필코 그들에게 주고 싶었다. 그리고 그 방을 골동품들로 장식하고 새롭게 단장했다. 그리고 질노르망 씨의 서재는 마리우스의 변호사 사무실이 되었다.

기쁨이 아무리 크더라도 마리우스의 마음속에는 지울 수 없는 두 가지 근심거리가 있었다. 그와 그의 아버지는 두 사람에게 은혜를 입고 있었다. 그중 한 명은 워털루에서 아버지 목숨을 구해준 테나르디에였고 다른 한 명은 자신을 할아버지 댁으로 업고 온 미지의 인물이었다.

마리우스는 그 두 사람을 꼭 찾고 싶었다. 결혼하고 행복한 삶을 살게 되더라도 그들을 결코 잊지 않으리라고 그는 결심하고 있었다. 그 은혜를 갚지 못한다면 그의 삶에 영원히 그늘로 남게 될 것이 두려웠다.

그는 테나르디에가 악당이라는 것은 이제 잘 알게 되었다. 하지만 그것 때문에 그가 퐁메르시 대령을 구했다는 사실을 지울 수는 없었다. 테나르디에는 모든 사람들에게 악당이었지만 마리우스에게는 예외였다.

그는 사람들을 고용하여 백방으로 그들을 찾았다. 하지만 아무 소득이 없었다. 더욱이 그를 구조한 사람에 대해서는 완전 오리무중이었다. 다만 6월 6일 저녁 마리우스를 피유 뒤 칼베르 거리로 데려온 삯 마차를 찾아내는 데 성공한 것이 소득이라면 소득이었다. 마부의 말은 다음과 같았다.

6월 6일 그는 경찰의 명령으로 샹젤리제 강가의 대하수도 출구 위에서 정차하고 있었다. 저녁 9시경 강둑에 나 있는 쇠창살문이 열리더니 시체 같은 것을 업고 있는 한 사나이가 거기서 나왔다. 그러자 지키고 있던 경찰이 그 사람을 체포했다. 그런데 무슨 일인지 죽은 사람을 포함해 모두 자신의 마차에 올라탔고 피유 뒤 칼베르 거리에 와서 죽은 사람을 내려놓았다. 그러더니 두 사람이 다시 마차에 올랐고 아르시브 문 근처에서 경관이 멈추라고 했다. 그리고 경관은 돈을 치르고 떠났다.

이것이 마부가 아는 사실의 전부였다. 도대체 그 대하수도에서 나온 사람은 누구일까? 그를 체포했다가 여기까지 함께 온 경찰관은 어떻게 되었을까? 도대체 자신을 구한 사람은 왜 그 후 도통 모습을 드러내지 않는 것일까? 마부는 그 사람의 인상착의에 대해서는 무시무시했다는 이야기만 했을 뿐이었다.

그는 무언가 단서가 있지 않을까 하는 희망에서 그가 할아버지 집으로 실려 왔을 때 입고 있던 피 묻은 의복을 살펴보았다. 옷자락이 묘하게 찢겨 있었다. 귀퉁이 한 조각이 없었던 것이다.

어느 날 마리우스는 코제트와 장 발장 앞에서 그 모든 일에 대해 이야기했다. 그 이상한 사건과, 그가 얻은 정보들, 그의 헛된 노력들에 대해 모두 이야기했다. 하지만 포슐르방 씨는 담담한 표정을 짓고 있을 뿐이었다.

마리우스는 그 냉담한 표정에 화가 났다. 그는 격렬한 목소리로 외쳤다.

"그 사람이 누구든 간에 그분은 숭고했습니다. 그분이 무슨 일을 했는지 아십니까? 그분은 대천사 같은 일을 하신 겁니다. 그분은 전투 속에 뛰어들어 저를 남들 몰래 업고 하수도로 데려가야 했습니다. 그 무시무시한 지하 통로를 15리 이상 가야 했습니다. 몸을 굽히고 그 시궁창 어둠 속을, 시체를 등에 업고 말입니다, 아저씨! 무슨 목적이 있었냐고요? 오직 그 시체를 구한다는 목적 그것뿐이었습니다. 그런데 그 시체가 바로 저란 말입니다. 그분은 자신의 위험을 무릅쓰고 저의 목숨을 구했습니다. 그런데 그가 목숨을 걸고 구해낸 저는 도대체 누구란 말입니까? 한낱 폭도였을 뿐이에요. 한낱 패배자였을 뿐이에요. 오! 만일 코제트의 60만 프랑이 제 것이라면……."

"그건 당신 거요"라고 장 발장이 그의 말을 막았다.

"그렇다면" 하고 마리우스가 말을 이었다.

"그분을 찾아내기 위해서 그 돈을 쓸 거예요."

장 발장은 침묵을 지켰다.

장 발장의 마지막 싸움

1833년 2월 16일에서 17일에 걸친 밤은 축복받은 밤이었다. 이 어두운 밤 위에 하늘이 열려 있었다. 바로 마리우스와 코제트가 결혼한 밤이었다. 그 밤은 더 없이 근사한 밤이었다. 결혼식은 질노르망 할아버지가 꿈꾸었던 것처럼 화려하지는 않았지만 모든 것이 감미로웠고 유쾌했다.

전날 장 발장은 질노르망 씨 앞에서 마리우스에게 58만 4,000프랑을 건네주었다. 그동안 장 발장에게 충실하던 투생 할멈은 이제 장 발장에게 필요 없었다. 코제트가 그녀를 이어받았고 투생은 이제부터 코제트의 시녀 노릇을 하기로 했다.

한편 질노르망 씨는 장 발장을 위하여 가구를 갖춘 아름다운 방을 하나 마련해두었다. 코제트가 "아버지, 제발 부탁이에요"라고 하도 간곡하게 말하는 바람에 장 발장은 그 방에 와서 살겠다고 거의 약속하다시피 했다.

결혼 날짜가 정해지기 며칠 전 장 발장에게 사건이 하나 생겼다. 장 발장은 오른손 엄지손가락을 약간 짓눌려 다쳤다고 말했다. 그는 대단한 것이 아니라며 심지어 코제트까지도 그 상처를 돌보는 걸 거부했다. 그는 그 상처 때문에 손을 헝겊으로 감싼 후 붕대로 팔을 어깨에 비스듬히 묶어야만 했고 서명을 할 수 없었다. 질노르망 씨가 대리 후견인으로서 그를 대신해 서명했다.

나는 독자들을 결혼식이 벌어진 시청과 성당으로 데려가지 않을 작정이다. 신랑의 꽃다발이 단춧구멍에 꽂히자마자 신랑 신부에게서 등을 돌리는 것이 바로 사람들의 습관이 아닌가! 다만 시청과 성당에서 코제트가 찬란하게 매력적이었다는 이야기는 덧붙이자. 마치 여신으로 다시 태어날 준비가 된 동정녀 같았다. 마리우스의 아름다운 머리에도 윤기가 흘렀으며 얼굴은 더없이 고결했다.

이 두 사람은 빛나고 있었다. 그들은 다시는 돌이킬 수 없는 순간, 다시는 찾아볼 수 없는 그런 순간, 모든 젊음과 기쁨이 눈부시게 교차하는 그런 순간을 맞이하고 있었다. 승화된 결혼이었고, 두 젊은이는 두 송이 백합이었다.

결혼식이 끝나고 집안에 잔칫상이 차려졌다. 만찬이 차려졌음을 하녀가 알리자 모두들 식당에 들어가 정해진 순서대로 식탁 주위에 둘러앉았다. 신부 주위에는 두 개의 커다란 안락의자가 있었다. 하나는 질노르망 씨를 위한 것이었고 다른 하나는 장 발장을 위한 것이었다. 질노르망 씨는 의자에 앉았다. 그러나 다른 의자는 비어 있었다.

사람들은 포슐르방 씨를 눈으로 찾았다. 그는 이미 거기에 없었다. 질노르망 씨가 하녀에게 물었다.

"포슐르방 씨 어디 계신지 아느냐?"

"네, 손의 상처가 좀 심해서 함께 식사하기가 어렵다고 어르신께 말씀 전해달라고 하셨습니다. 다들 용서해주기 바란다며 내일 아침에 오시겠다고 하셨습니다. 방금 나가셨습니다."

장 발장은 피유 뒤 칼베르 거리를 떠나 옴므아르메 거리로 되돌아갔다. 그는 일부러 코제트와 함께 날마다 걷던 길을 통해 빙 돌아서 집으로 왔다.

그는 촛불을 켜들고 계단을 올라갔다. 방은 텅 비어 있었다. 투생도 이제 거기에 없었다. 코제트가 아끼던 것도 모두 가져가 버렸고 남은 것은 커다란 몇 개의 가구들과 네 면의 벽뿐이었다. 침대만이 하나 덩그러니 남아 누군가를 기다리고 있었다. 장 발장의 침대였다.

그는 붕대를 풀었다. 손가락은 멀쩡했다. 그는 침대로 다가갔다. 그런데 우연이었을까, 의도적이었을까, 결코 그의 손을 떠나지 않았던 작은 가방으로 눈길이 갔다.

그는 가방이 놓여 있는 탁자로 가서 호주머니에 들어 있던 열쇠로 가방을 열었다. 그리고 10년 전 코제트가 몽페르메유를 떠났을 때 입었던 옷을 천천히 꺼냈다. 맨 먼저 작은 검은 드레스가 나왔고 이어서 검은 목도리가 나왔다. 그리고 투박한 어린이 구두, 조끼, 스타킹, 앞치마가 나왔다. 모두 검정색이었다.

그는 그것들을 침대 위에 놓고 옛날을 회상했다. 매우 추운 12월이었지. 그 애는 떨고 있었어. 누더기를 걸치고 반쯤 벌거벗은 채. 그 누더기를 벗기고 이 상복들을 입혀주었지. 자기 딸이 따뜻한 옷을 입는 것을 팡틴이 보았다면 틀림없이 기뻐했을 거야.

그는 이어서 코제트와 함께 걷던 몽페르메유의 숲을 생각했다. '그 애는 커다란 인형을 두 팔에 안고 웃고 있었지.' 그들은 둘이서 손을 잡고 걷고 있었고 그녀에게는 세상에 그밖에 없었다.

갑자기 그의 흰 머리가 침대 위로 떨어져 코제트의 옷들에 묻혔다. 만약 그때 누군가 계단을 지나갔다면 처절한 흐느낌 소리를 들었으리라.

이제 장 발장의 무시무시한 마지막 싸움이 시작되었다. 야곱도 천사와 단 하룻밤밖에 싸우지 않았건만 장 발장은 도대체 얼마나 여러 번 암흑 속에서 자기의 양심과 맞붙어 필사적으로 싸워야만 하는 것인가!

이날 밤 장 발장은 자기가 마지막 싸움을 하고 있는 것처럼 느껴졌다. 그에게는 정말로 절실한 문제가 그의 눈앞에 놓여 있었다.

인간의 운명들은 똑바로 나아가게 되어 있지 않다. 인간의 운명들은 인간 앞에 곧은 대로로 펼쳐져 있는 것이 아니다. 거기에는 막다른 골목이 있고 캄캄한 모퉁이가 있으며 여러 갈래로 갈라진 갈림길이 있다. 장 발장은 이제 그중에서도 가장 위험한 갈림길에 서 있었다.

그는 선과 악의 마지막 교차로에 도달한 셈이었다. 그 어두운 교차로, 확실하게 앞이 보이지 않는 그 교차로가 그의 눈 아래 있었다. 그가 고통스러운 변화를 겪을 때마다 그랬던 것처럼 두 개의 길이 그의 눈앞에 열려 있었던 것이다. 하나는 그를 달콤하게 유혹하는 길이었고 다른 하나는 무서운 고통의 길이었다. 과연 어느 길을 택해서 가야 하는가?

장 발장은 코제트와 마리우스의 행복 앞에서 어떻게 행동해야 할 것인가? 그 행복을 바란 것도 그였고, 그 행복을 마련한 것도 그였다. 그 행복은 그의 마음속 깊은 곳에 들어 있던 것이다. 그는 지금 그 행복을 바라보면서, 마치 무기를 만드는 장인이 자기가 만든 명검을 보고, 거기 새겨진 자신의 이름을 보고 흡족해하는 것과 같은 기분에 젖어 있었다.

코제트는 마리우스를 갖고 있었고 마리우스는 코제트를 소유하고 있었다. 그들은 재산을 비롯해서 모든 것을 갖고 있었다. 그것은 장 발장의 작품이었다.

그러나 그가 그토록 바라던 그 행복, 그들의 행복, 그것이 엄연히 현실로 존재하게 된 지금, 장 발장 그는 그 행복 앞에서 어찌해야 한단 말인가? 무기를 만든 장인은 과연 그 무기의 주인인가? 그가 그 행복에 꼭 필요한가? 그는 그 행복을 자기의 것처럼 여기고 그 행복과 함께할 수 있는가?

그는 코제트의 집에 태연스레 들어갈 수 있는가? 그들의 행복한 미래에 자신의 과거를 아무 말 없이 그대로 끌어들여야 하는가? 마치 그럴 권리라도 있는 것처럼 정체를 숨긴 채, 그 환하게 빛나는 가정에 들어가 앉을 것인가? 그들에게 미소 지으면서 그들의 순결한 손을 자신의 비극적인 두 손으로 잡을 것인가? 질노르망 씨 집의 평화로운 벽난로 아궁이에 법이라는 수치스러운 그림자를 뒤에 끌고 다니는 자신의 발을 올려놓을 것인가? 그들 두 사람의 크나큰 행복에 자신의 크나큰 불행을 보탤 것인가?

장 발장은 이기심과 의무 사이에서 벌어지는 이 처절한 결투에서 몇 번이고 뒤로 물러났다. 그러나 그때마다 그는 강력한 벽이 자신을 떠미는 것을 느꼈다. 그 벽은 무엇이었던가! 그것은 성스러운 것이었다. 그것은 양심이었고 하느님이었다. 거기에는 끝도 없었고 바닥도 없었다. 그 우물 속에 모든 것을 던져 넣어라! 당신의 평생의 업적을 던져 넣고, 당신의 운명을 던져 넣고, 당신의 재산을 던져 넣어라! 거기에 당신의 성공을 던져 넣고 당신의 자유, 조국을 던져 넣고, 거기에 당신의 휴식과 기쁨을 던져 넣어라! 그래도 더! 더! 더! 마침내 모든 것을 다 비우고 거기에 마음도 던져 넣어야 한다.

장 발장은 기진맥진했다. 그리고 평온한 상태에 들어갔다. 그는 생각에 생각을 거듭하고, 숙고와 숙고를 거듭했으며 명상과 기도를 계속했다. 그리고 드디어 빛과 그림자의 그 신비로운 균형에서 어느 한쪽을 자신이 택할 것인지 깊이 생각했다.

양자택일의 갈림길! 그 두 젊은이들에게 자기의 감옥을 받아들이도록 만들 것인가, 아니면 구제할 길 없는 추락의 길을 택해서 스스로 그 추락을 완성할 것인가? 한쪽은 코제트의 희생, 다른 쪽은 자기 자신의 희생.

그의 어지러운 성찰을 밤새도록 계속되었다.

그는 날이 새도록 똑같은 자세로 거기에 있었다. 녹초가 된 채 십자가에 못박힌 뒤 땅바닥에 엎어진 사람처럼 팔을 열십자로 뻗은 채로! 겨울의 긴긴 밤 열두 시간을, 때로는 그의 상념이 히드라처럼 땅바닥을 기어 다니다가 때로는 독수리처럼 하늘을 나는 동안, 그는 송장처럼 까딱 않고 있었다. 꼭 죽은 사람 같았다.

별안간 그가 경련하듯이 몸을 떨더니 그의 얼굴을 코제트의 옷들에 딱 붙이고 그것들에 입을 맞추었다. 그제야 그가 살아 있다는 것을 알 수 있었다.

누가 알 수 있었다는 것인가? 사람이? 장 발장은 혼자였는데. 거기에는 아무도 없었는데 누가?

바로 어둠 속에 있는 '그분'이!

성배의 마지막 한 모금

　　　　　결혼식 뒤의 날들은 조금 쓸쓸하기 마련이다. 사람들은 행복한 한 쌍이 자기 자신들에게만 빠져 있게 배려해준다. 늦잠을 자도 존중해준다. 사람들이 방문해서 축하하며 법석을 떠는 일은 늦게야 시작된다.

　2월 17일, 하인 바스크가 비를 들고 문간방을 치우고 있는데 가볍게 문 두드리는 소리가 들렸다. 정오가 조금 지났을 때였다. 초인종을 울리지 않는 것은 신혼부부를 배려해서였다. 바스크가 문을 열고 보니 포슐르방 씨였다. 바스크는 그를 객실로 안내했고 그는 마리우스를 만나고 싶어 왔다고 했다.

　객실은 어수선했다. 장 발장의 얼굴은 창백했다. 불면으로 말미암아 그의 눈은 쑥 들어가 있었다. 장 발장은 고개를 숙인 채 방바닥 위의 창 그림자를 바라보고 서 있었다. 얼마 후 문 소리가 났고 그는 눈을 들었다.

마리우스가 들어왔다. 입에 웃음을 띠고 있었으며 얼굴에는 뭐라 표현하기 힘든 빛이 서려 있었다.

"아버님이시군요!"

장 발장을 보고 그가 반갑게 큰 소리로 말했다.

"아버님, 손은 어떠세요? 좀 나으셨어요? 저희들은 아버님 이야기를 참 많이 했어요. 코제트는 정말로 아버님을 사랑하고 있어요. 아버님, 이곳에 아버님 방이 있다는 것 잊지 않으셨지요? 침대도 정돈했고 준비가 다 돼 있어요. 아버님 방은 정남향이에요. 밤에는 꾀꼬리가 노래하고 낮에는 코제트가 지저귈 거예요. 우리 할아버지도 아버님을 존경하세요. 저희들은 이제 행복하게 살기로 단단히 작정했어요. 아 참, 오늘 저희들과 함께 저녁 식사하시지 않으시겠어요?"

장 발장은 손을 감고 있던 붕대를 풀고 멀쩡한 엄지손가락을 마리우스에게 내보였다.

"내 손은 아무렇지도 않소. 나는 나 자신을 없는 것처럼 만들기 위해 그렇게 한 것이오. 「결혼 계약서」에 잘못된 것이 들어가서 무효가 되지 않게 하려고, 사인을 할 수 없는 것처럼 꾸민 거요.”

마리우스는 도무지 무슨 말인지 알 수 없었다. 그는 더듬거리며 말했다.

“도대체 무슨 말씀이신지?”

“나는 전과자요. 내가 옥살이를 했다는 거요.”

“그럴 수가!” 마리우스는 깜짝 놀라 부르짖었다.

“퐁메르시 씨, 나는 19년간 형무소에 있었소. 절도죄로. 그런 뒤에 나는 무기징역을 선고 받았소. 절도 재범으로. 지금은 보호관찰 지역을 벗어난 범죄자요.”

마리우스는 뒷걸음질 쳤다.

장 발장은 계속했다.

“내 말을 믿어야 하오. 나는 나뭇가지 자르는 일로 밥벌이를 하던 시골 사람이었소. 내 이름은 포슐르방이 아니고 장 발장이오. 그리고 나는 코제트의 아버지가 아니오. 코제트는 전과자의 딸이 아니니 안심해도 되오.”

“도대체 그걸 누가 증명할 수 있단 말입니까?”

"바로 나요. 당사자인 내가 그렇다고 하고 있으니. 나는 동정심에서 코제트를 돌본 것뿐이오. 이제 나는 코제트를 위해 해줄 게 아무것도 없소. 그녀는 퐁메르시 부인이오. 그녀의 보호자가 바뀐 거요. 60만 프랑은 누군가 그녀에게 주라고 한 돈을 위탁받아 가지고 있던 것이니 아무 문제없소. 나는 이제 본래의 나로 돌아온 것이오."

마리우스는 너무 혼란스러워서 종잡을 수가 없었다. 그는 너무 어리둥절해서 그런 고백을 한 사람을 원망하듯 말했다.

"그렇지만 도대체 왜 제게 그런 말씀을 다 하시는 겁니까? 혼자만 비밀을 간직하고 계셔도 되지 않습니까? 고발을 당한 것도 아니고 쫓기는 것도 아니잖습니까? 무슨 동기가 있어 그런 고백을 하시는 겁니까?"

"동기라고요?"라고 장 발장은 되물었다. 너무 낮은 목소리여서 마리우스에게 말한다기보다는 자기 자신에게 말하는 것 같았다. 그는 계속 낮은 목소리로 거의 중얼거리듯이 말을 계속했다.

"그래, 도대체 무슨 동기로 '나는 죄수다'라고 말하느냐는 거지요? 그렇소, 아주 이상한 동기요. 그래요, 나는 행복하게 살 수도 있었소. 우리는 한 지붕 아래서 한 식탁에 둘러 앉아 식사를 하고 함께 산책을 하면 살 수도 있었소. 한 가족으로 살 수도 있었소. 한 가족으로!

하지만 나는 당신의 가족이 아니오. 나는 그저 불행하고 비참한 사람이오. 나는 당신들의 행복 속으로 들어갈 수 없소. 나는, '너는 거기 들어가지 마라'라고 스스로에게 말했소. 사실 나는 거짓말을 한 채, 당신네들 모두를 속이고 포슐르방 씨로 남을 수 있었소. 코제트를 위해서 그래야 했다면 나는 그렇게 했을 것이오. 하지만 나 자신을 위해서는 그렇게 할 수 없었소. 당신들의 밝은 삶 속에 어두운 것이 끼어들면 안 되었기 때문이오. 나는 당신들에게 짐이 되었을 것이오. 진실을 감추고 그렇게 살아가는 나는 더없이 흉측한 존재가 되었을 것이오. 나는 날마다 나와 남을 속이는 범죄를 저지르며 살아가게 되었을 것이오. 왜 그래야 한단 말인가? 행복하기 위해서? 내가? 내게 행복할 권리가 있는가? 아니오. 나는 행복의 밖에 있는 사람이오.

내가 왜 이런 고백을 하냐고 물었지요? 고발을 당한 것도 쫓기는 것도 아닌데, 라고 물었죠? 그렇지 않소, 나는 고발을 당하고 있고 추적을 당하고 있소. 누구에게? 바로 나에게. 눈에 보이는 이 주먹이 아니라 또 하나의 주먹이 내 멱살을 잡고 놓아주지를 않소. 바로 내 양심이오. 옛날에 나는 살기 위해 빵 한 조각을 훔쳤소. 이제 같은 이유로 이름을 훔치는 죄를 범하고 싶지 않소."

잠시 침묵이 흘렀다. 둘 다 깊은 상념에 빠져든 것 같았다.

장 발장이 다시 마리우스에게 말했다.

"자, 도련님. 고민할 것 없소. 이런 걸 상상해보시오. 내가 아무 말도 안 한 채 그냥 포슐르방 씨로 지냈다고 칩시다. 어느 날 우리가 함께 즐겁게 웃고 있는데 별안간 그 누군가가 '저 자는 장 발장이다!'라고 외치는 순간을! 경찰의 그 무시무시한 손이 어둠 속에서 갑자기 나와 내 가면을 휙 벗겨버리는 순간을 상상해보시오."

장 발장은 다시 입을 다물었다. 마리우스는 부르르 떨며 일어섰다.

장 발장이 다시 말을 이었다.

"그렇다면 당신은 뭐라고 말하겠소? 할 말이 있겠소? 내가 그런 사람이 아니라고 말할 수 있겠소? 그렇게 말할 수 있을 만큼 나에 대해 아는 게 있소?"

마리우스는 아무 말도 하지 않았다. 침묵이 그의 대답이었다.

"자, 내가 입을 연 게 잘한 짓이라는 걸 당신은 이제 잘 알 것이오. 자, 행복하시오. 천국에서 지내시오. 한 천사의 곁에서 천사로 지내시오. 한 가엾은 죄인이 흉금을 터놓고 자신의 의무를 다한 것에 대해서는 더 이상 괘념치 마시오. 당신 앞에 있는 것은 한 비참한 인간일 뿐이오."

마리우스는 장 발장에게 다가가 손을 잡았다. 장 발장은 하는 대로 내버려두고 있었다. 마리우스는 마치 대리석으로 된 손을 잡는 것 같았다.

마리우스가 마침내 입을 열었다.

"우리 할아버지께는 친구들이 많이 있습니다. 제가 사면을 얻어드리겠습니다."

"그건 소용없소. 나는 이미 죽은 걸로 되어 있고 그것으로 충분하오. 죽은 사람들은 감시를 받지 않소. 죽음은 영원한 사면이오."

그는 마리우스가 잡고 있던 손을 빼내면서 준엄하게 말했다. 그의 말에는 위엄이 서려 있었다.

"내가 도움을 청할 친구는 단 하나밖에 없소. 내 의무를 다하는 것, 그것이 바로 내 곁에 두어야 할 친구요. 내가 필요로 하는 사면은 단 하나뿐이오. 내 양심으로부터 사면받는 것, 그것 외에는 필요치 않소."

그때 객실 한쪽 문이 조용히 열리더니 코제트가 나타났다. 그녀가 즐거운 표정으로 말했다.

"두 분 정치 얘기를 하고 계시지요? 아버지가 양심이니 의무니 하시는 걸 문 밖에서 들었어요. 저도 함께 있으면 안 돼요?" 그러더니 장 발장에게 키스를 해달라고 했다. 장 발장은 마치 유령처럼 그녀에게 키스를 해주었다. 그러자 마리우스가 코제트에게 말했다.

"당신을 정말 사랑해. 하지만 지금은 이분과 단둘이 있게 해줄 수 있겠어?"

코제트는 화난 척하며 방을 나갔다.

마리우스는 문이 꼭 닫혀 있는 것을 확인한 후 중얼거렸다.

"가엾은 코제트, 이걸 그녀가 알게 된다면……."

그의 중얼거리는 소리를 들은 장 발장이 온몸을 떨면서 마리우스에게 말했다.

"아, 그래! 당신은 그 모든 걸 코제트에게 말하겠지. 내가 그 생각을 못 하다니! 도련님, 제발 간청합니다. 애원합니다. 제발 내게 약속해주시오. 신성한 약속을! 이 사실을 코제트에게 말하지 말아주시오. 당신이 아는 것만으로 충분하지 않소? 나는 세상 사람 모두에게 그 사실을 말할 수 있소. 하지만 그녀에게만은 안 되오. 그녀는 그게 무슨 소리인지도 모를 것이기 때문이오. '죄수라니? 그게 뭐야?'라고 그녀는 말할 거요. 그녀에게 어둠을 알게 할 필요 없소. 만일 그렇게 된다면, 나는 정말 죽고 싶어질 거요."

"안심하세요. 이 비밀은 저 혼자 간직하겠습니다"라고 마리우스가 말했다.

마리우스는 어느새 장 발장과 자신 사이에 거리를 느끼고 있었고 그것은 자연스러운 일이었다. 그는 장 발장에게 계속 말했다.

"그렇게 정직하게 건네주신 위탁금에 대해 한 말씀 드리고 싶습니다. 마땅히 어르신께 보상이 있어야 한다고 생각합니다. 어르신 자신이 금액을 정하십시오. 많은 금액을 정해도 상관없습니다."

"고맙소"라고 장 발장은 부드럽게 대답했다. 그는 잠시 생각에 잠겨 있다가 입을 열었다.

"그건 끝난 일이오. 내게 남은 건 단 한 가지뿐이오. 당신은 내가 더 이상 코제트를 만나서는 안 된다고 생각하시는 거지요?"

"그게 나을 거라고 생각합니다"라고 마리우스는 쌀쌀하게 대답했다.

장 발장의 얼굴이 창백하다 못해 납빛이 되었다. 눈에 눈물은 없었지만 비통에 젖은 불꽃이 일었다. 그가 다시 조용해진 목소리로 말했다.

"그녀를 만나러 올 수 있게 해주시오. 정말 간절히 바랍니다. 코제트를 만나보고 싶은 생각이 없었다면 당신에게 이런 고백도 하지 않고 떠났을 것이오. 나는 그녀 곁에서 그녀를 계속 보고 싶어서 당신에게 고백을 한 것이오. 내가 그녀를 데리고 있은 지 9년이 지났소. 단 한 번도 떨어져본 적이 없었소. 나는 그녀의 아버지 같았고 그녀는 내 아이였소. 당신만 괜찮다면 나는 때때로 코제트를 보러 올 겁니다. 자주 오지는 않을 겁니다. 오래 있지도 않을 겁니다. 저녁 어두워질 때 오겠습니다."

그러자 마리우스가 말했다.

"매일 저녁 오십시오. 코제트가 당신을 기다릴 겁니다."

마리우스는 장 발장에게 인사를 했다. 행복한 사람이 불행한 사람을 문 앞까지 바래다주었고 두 사람은 헤어졌다.

마리우스는 극심한 혼란에 빠졌다. 한창 행복할 때 그런 비밀을 발견하는 것, 그것은 비둘기 둥지 안에서 갑자기 전갈을 발견한 것과 비슷했다.

그는 우선 이런 상황에 처하게 된 데 자신의 책임은 없는가를 자문해보았다. 그러고 보니 그가 당연히 이상하게 여겼을 일들을 아무 생각 없이 넘겨버린 것들이 있었다. 그는 고르보의 오두막에서 벌어졌던 그 수수께끼 같은 활극에 대해 코제트에게 한마디도 묻지 않았다. 그는 그 모든 것에 대해 침묵했다. 하지만 두 가지 이유가 있었다. 하나는 본능적인 것이었다. 그의 기억 속에서 그 가공할 사건, 아버지의 은인인 테나르디에가 악당인 것을 확인하고 받은 충격들을 회피하고 싶었기 때문이다. 그 사건 자체에서 자신은 아무 역할도 하고 싶지 않았기 때문이다. 그러나 그보다 더 큰 이유가 있었다. 바로 사랑이었다. 이 몇 주일간은 번갯불이었다. 그와 코제트는 사랑 이외에는 아무것도 할 것이 없었다. 사랑에 눈이 멀었던 것은 죄가 아니니 자기가 잘못한 것은 없었다. 그 결과 그는 이제 천국에 있게 된 것이다.

그런데 그 천국이 지옥과 나란히 있게 되었다. 그는 이제 장 발장이 된 포슐르방에게서 일종의 공포감을 느꼈다. 그 공포감에는 놀람이 뒤섞여 있었다.

그 죄수는 60만 프랑의 위탁금을 반환했다. 자기가 모두 가질 수 있었는데 모두 내놓았다. 그뿐인가? 스스로 자신이 어떤 사람임을 밝혔다. 자신을 보호해주던 이름을 벗어던졌다. 그리고 양심 때문에 그렇게 했다고 말했다. 양심이 깨어 있다는 것, 그것은 그의 영혼이 살아 있다는 것을 뜻한다.

그러나 곧 어두운 그림자가 다가왔다.

그 사람은 왜 바리케이드에 왔을까? 그래 분명 그는 바리케이드에 있었다. 그때 한 영상이 그에게 떠올랐다. 바로 자베르였다. 그리고 장 발장이 포박당한 자베르를 데리고 바리케이드 밖으로 데려가던 모습이 떠올랐다. 그리고 이어서 들렸던 권총 소리가 다시 귀에서 울리는 것 같았다.

그래, 장 발장은 복수하러 그곳에 왔던 거야. 자베르가 그곳에 포로로 잡혀 있다는 것을 알았을 것이다. 그렇다, 장 발장은 죄수로서의 복수심에 자베르를 죽인 것이다. 적어도 그것만은 명백했다.

마지막으로 하나의 의문이 남았다. 어떻게 해서 장 발장과 코제트는 그렇게 오랫동안 함께 지낼 수 있었을까? 범죄와 순결이 그렇게 함께 어울릴 수 있는가? 어떻게 이 천국의 소녀와 지옥에 떨어진 늙은이가 함께 생활할 수 있었단 말인가? 이 심연 같은 사나이는 도대체 어떤 사람이란 말인가?

창세기의 옛 상징들은 영원한 것이다. 인간 사회에는 영원히 두 인간이 있는데 바로 아벨과 카인이다. 선을 좇는 자 그가 아벨이고, 악을 좇는 자 그가 카인이다. 그런데 그 다정한 노인, 다정한 카인은 도대체 어떤 존재인가? 한 처녀를 열렬히 사랑하고, 그녀를 지켜주고, 길러주고 보살펴주고 훌륭한 여자로 만들어준 그 사람은 도대체 어떤 존재인가? 자신은 더러운 몸이면서 그녀를 순결성으로 감싸준 이 악당은 도대체 무엇이란 말인가?

거기에 이중의 비밀이 있었다. 장 발장의 비밀이 있었고 또

제5부 장 발장
189

한 하느님의 비밀이 있었다. 그 이중의 비밀 앞에서 마리우스는 뒷걸음질 쳤다. 그는 코제트라는 작품을 만들기 위해 하느님이 장 발장을 이용했다고 쉽게 결론 내렸다.

마리우스는 장 발장을 생각할 때마다 어떤 두려움을 느꼈다. 아마 성스러운 것에 대한 두려움이었는지도 모른다. 그는 이 사람에게서 사람을 벗어난 그 어떤 신적인 것을 느끼고 있었다.

그러나 그러다가도 결론은 언제나 한 가지였다. '그는 죄수였다'는 한 마디. 그는 버림받은 사람이었다. '죄수'!

게다가 그 사람은 어둠이었다. 살아 있는 무서운 어둠이었다. 신비로운 빛을 감추고 있는 어둠이 아니라 깊이를 알 수 없는 구렁이었다. 그는 더 깊이 들어가고 싶지 않았다.

장 발장의 황혼

이튿날 해가 질 무렵 장 발장은 질노르망 씨 댁의 정문을 두드렸다. 그를 맞아들인 것은 하인 바스크였다. 장 발장은 바스크에게 말했다.

"아래층 방으로 가겠네."

바스크가 정중하게 장 발장을 아래층 방으로 안내했다. 바스크는 아래층 방을 열면서 그에게 말했다.

"마님께 아뢰겠습니다."

그 방의 먼지들은 빗자루와 총채들을 성가시게 구는 일 없이 얌전히 제자리에 있었다. 죽은 파리들로 장식된 거미줄도 창유리에 수레바퀴처럼 걸려 있었다. 벽난로에 불이 붙어 있는 것으로 보아 장 발장이 그 방에서 기다리겠다고 말하기를 기대하고 있었음이 틀림없었다.

장 발장은 피곤했다. 벌써 여러 날을 그는 먹지도 자지도 않았다. 그는 벽난로 양쪽 모퉁이에 놓인 두 개의 안락의자 중 하나에 앉았다.

잠시 후 그는 의자에서 벌떡 일어났다. 코제트가 들어선 것이다. 더할 나위 없이 아름다웠다. 하지만 장 발장이 그윽한 눈초리로 바라보고 있던 것, 그것은 그녀의 아름다움이 아니었다. 그것은 그녀의 영혼이었다.

코제트가 말했다.

"어머, 아버지, 저는 아버지가 특이한 분이라는 건 알고 있었지만 이런 건 생각도 하지 못했어요. 대체 무슨 생각을 하신 거예요! 아버지가 여기서 저를 만나시길 원하신다고 마리우스가 말했어요."

"그래, 내가 그랬다."

"아니, 왜 그러세요? 저를 만나시는데 우리 집에서 가장 누추한 방을 고르시다니. 이 방은 끔찍하잖아요."

"너도 알다시피……." 장 발장은 갑자기 말을 멈추고 말투를 경건하게 바꾸었다.

"부인도 아시다시피 나는 괴상한 사람이지요. 엉뚱한 생각을 많이 하고."

코제트는 손뼉을 치며 소리쳤다.

"어머나, 부인이라고요? '아시다시피'라니요?"

"당신은 부인이 되길 원했소. 당신은 부인이요."

"아버지에게는 아니에요."

"나를 이제 아버지라고 부르지 마오."

"뭐라고요?"

"나를 장 발장 선생이라고 불러요. 아니면 그냥 장이라고 부르던가."

"아버지는 이제 아버지가 아닌가요? 저는 이제 코제트가 아닌가요? 장 선생님이라고요? 그게 무슨 뜻이에요? 대체 무슨 일이 있었어요? 아버지, 제 얼굴을 똑바로 바라보세요. 저희랑 함께 사시지 않겠다고 하시더니 이번에는 이런 일까지! 아버지, 제가 아버지께 뭘 어떻게 했나요? 아버지, 도대체 무슨 일이 있었던 거예요?"

"아무것도. 당신이 퐁메르시 부인이니, 나는 장 선생일 수 있는 거요. 당신은 이제 아버지가 필요 없소. 남편이 있으니까."

"아버지, 심술궂게 왜 이러세요? 아버지를 장 선생이라고 불러도 좋을지 제 남편에게 물어보겠어요. 아버지, 제가 행복한 걸 원망하시는 거예요?"

순진함은 저도 모르는 사이에 깊은 핵심을 찌르는 경우가 있다. 그 질문은 코제트에게는 단순한 것이었지만 장 발장에게는 심각한 것이었다. 코제트는 단지 할퀴고 싶어 한 말이었지만 그 말이 장 발장을 찢어놓았다.

장 발장은 창백해졌다. 그는 잠시 대답하지 않고 있다가 혼잣말을 하듯 중얼거렸다.

"그녀의 행복 그것이 내 인생의 목적이었다. 이제 하느님께서 나를 퇴장하라고 하실 수 있다. 코제트, 너는 행복하다. 내 시대는 끝났다."

"어머나, 아버지! 아버지 저를 '너'라고 불러주셨군요."

그러더니 그녀는 장 발장의 목을 끌어안았다.

장 발장은 넋을 잃은 듯, 멍하니 그녀를 얼싸안았다. 하지만 그는 곧 코제트의 팔에서 몸을 뺀 후 모자를 집어들었다.

"왜 그러세요?"라고 코제트가 물었다.

"난 가야 합니다. 모두들 당신을 기다리고 있소. 내가 당신에게 '너'라고 말한 것, 앞으로는 그런 일이 없을 것이라고 당신 남편에게 말씀하시오. 용서하시오."

장 발장은 그 수수께끼 같은 작별 인사에 아연해 있는 코제트를 남겨두고 방에서 나갔다.

다음 날 장 발장은 같은 시각에 그 집에 왔다. 코제트는 더는 놀라지도 않고 질문하지도 않았으며 장 발장에게 아버지라고도 장 선생이라고도 하지 않았다. 장 발장이 자신을 '당신'이라고, '부인'이라고 부르도록 내버려두었다. 그녀는 슬플 수도 있었을 것이다. 그러나 그녀의 행복이 그녀가 슬픔에 잠기는 것을 막았다.

마리우스는 분명 그녀에게 하고 싶은 말을 했을 것이다. 사랑받고 있는 남자는 사랑하는 여자에게 자신이 원하는 바를 말하면서 아무 설명을 덧붙일 필요가 없는 법이다. 그래도 사랑하는 여자는 만족해한다. 사랑하는 이들의 호기심은 그들의 사랑 너머로까지 멀리 가지 않는 법이다.

그다음에도 날마다 장 발장이 왔다. "매일 저녁 오십시오"

라는 마리우스의 말을 글자 그대로 해석할 수밖에 없어서 그는 그 말대로 했다. 마리우스는 장 발장이 오는 시간에는 집에 없었다. 이 집 사람들은 종전과는 전혀 달라진 포슐르방 씨의 새 모습에 익숙해졌다. 투생이 거기에 도움이 되었다. 그녀는 집안사람들에게 "어르신은 언제나 저러셨어요"라고 말했다. 이어서 질노르망 할아버지가 이렇게 선언하듯 말했다.

"그분은 기인(奇人)이다."

그리고 그것으로 모든 것이 끝났다.

그렇게 여러 주일이 흘러갔다. 새로운 생활이 조금씩 코제트를 사로잡았다. 결혼생활로 인한 새로운 교제, 방문, 집의 관리 등 큰일들을 해야 했다. 하지만 그녀의 유일한 즐거움이자 오락은 마리우스와 함께 있는 것이었다. 대낮에 팔짱을 끼고 거리 한복판을 나 보란 듯 단둘이만 걸어다니는 것, 그것이 그들에게는 언제나 새롭기만 한 즐거움이었다.

할아버지는 정정했고 마리우스는 여기저기 변호를 맡아보았고 질노르망 이모는 그들 옆에서 조용히 만족하며 살고 있었다. 장 발장은 날마다 왔다.

하지만 코제트에게 그는 전혀 딴 사람이 되었다. 당신이니,

부인이니, 장 선생이니 하는 호칭들이 그를 딴 사람으로 만들었다. 그녀를 자신에게서 멀어지게 만들려는 그의 의도는 성공한 셈이었다. 하지만 그는 옴므아르메 거리를 떠나지는 못했다. 코제트가 사는 거리를 떠날 결심을 할 수는 없었다.

코제트는 여전히 그를 사랑하고 있었다. 하지만 다정함은 이전과 같지 않았다. 어느 날 코제트의 입에서 불쑥 아버지라는 말이 나왔다. 장 발장의 침울한 얼굴에 잠깐 기쁨의 빛이 반짝였다. 하지만 그는 정색하고 그녀를 꾸짖었다.

"장이라고 하시오."

"아 참, 그렇군요. 장 선생님!" 그녀는 깔깔 웃으며 대답했다.

장 발장은 "그래야지요"라고 말하며 고개를 돌렸다. 눈물을 닦는 모습을 그녀에게 보이지 않기 위해서였다.

그것이 마지막이었다. 그 마지막 반짝임 이후 빛은 완전히 꺼져버렸다. 더 이상 친밀함도 없었고 행복한 입맞춤도 없었으며 '아버지'라는 말도 없었다. 그는 자신의 요구대로 모든 행복에서 잇따라 쫓겨나고 있었다. 하루 만에 코제트를 잃고 나서, 그 뒤에도 조금씩, 조금씩 그녀를 다시 잃어야 하는 불행!

그래도 장 발장은 매일 그곳에 갔다. 그러던 어느 날 그는 벽난로에 불이 붙여져 있지 않은 것을 발견했다. 코제트가 그 방에 들어오면서 "어머, 너무 춥네요"라고 말했다.

"아직 4월인데……. 이 방은 추워서 6월까지는 불을 때야 하는데……."

"내가 불을 피우지 말라고 했소"라고 장 발장이 말했다. 며칠 후였다. 이번에는 안락의자들이 없어졌다. 장 발장은 이제 코제트로부터 서서히 멀어지고 있음을 느꼈다.

장 발장은 코제트에게 말했다.

"내가 바스크더러 의자를 치우라고 했소."

"의자들을 치우게 하시다니! 요전에는 불을 피우지 말라하시더니. 정말 이상한 분이세요."

"잘 있으시오" 하고 장 발장은 중얼거렸다.

다음 날 그는 오지 않았다. 코제트는 저녁때가 되어서야 그것을 알아차렸다. "이런 장 선생님이 오늘은 안 오셨네."

그녀는 가벼운 서글픔 같은 것을 느꼈으나 거의 알아차리지 못했고 이내 마리우스의 키스로 기분이 전환되었다.

그다음 날도 그는 오지 않았다.

최후의 어둠, 최후의 새벽

　　　행복하다는 것, 그것은 무시무시한 것이다. 사람들은 그것으로 얼마나 만족하는가! 그것이면 충분하다고 생각하는가! 인생의 목적이 행복에 있다고 잘못 생각하고 그것을 갖게 되면서 참다운 인생의 목적, 의무를 잊어버리는가!

　하지만 마리우스를 비난하는 것은 잘못이다. 앞서 말했듯이 결혼 전에 그는 포슐르방 씨에게 질문하지 않았고 결혼 후에는 장 발장에게 질문하는 것이 두려웠다. 그는 아무것도 모르고 있었다.

　그는 얼떨결에 장 발장을 매일 찾아오라고 한 약속을 뉘우

쳤다. 그는 장 발장을 차츰차츰 그의 집에서 멀어지게 하고 그를 코제트의 머리에서 지우는 것으로 만족하려 했다. 그는 어떤 의미로는 늘 장 발장과 코제트 사이에 있었다. 그렇게 해서 그녀가 그를 보지 않게 될 것이며 그의 생각을 하지 않게 되리라고 확신했다. 그것은 지움이라기보다는 차라리 소멸이었다. 마리우스는 자신이 필요하고 정당하다고 생각한 일을 하고 있었다. 매정하지는 않지만 단호하게 장 발장을 멀리할 정당한 이유가 분명히 있다고 그는 판단하고 있었다. 다시 말하지만 그는 '죄인'이었던 것이다!

한편 그는 자신이 수행해야 할 중대한 의무가 있다고 생각하고 있었다. 그가 가능한 한 비밀리에 찾고 있는 어떤 사람에게 60만 프랑을 돌려주어야 한다고 생각하고 있었다. 그는 그동안 그 돈에 전혀 손을 대지 않았다. 그는 절약을 하며 검소하게 살고 있었다.

코제트는 그 비밀에 대해 아무것도 아는 것이 없었다. 하지만 그녀를 비난하는 것은 곤란하다. 강력한 힘을 지닌 자력(磁力) 같은 것이 마리우스에게서 그녀에게 흐르고 있었다. 그녀는 거의 본능적으로, 그리고 기계적으로 마리우스가 원하는 대로 하고 있었다. '장 선생'에 대해서도 그녀는 마리우스의 의지를 느끼고 그의 뜻을 좇고 있었다. 마리우스가 그녀에게는 아무 말도 해준 것이 없었다. 그러나 그녀는 남편의 생각에 무언의 압력을 받고 그에게 맹목적으로 순종하고 있었다.

하지만 그녀는 여전히 장 발장을 사랑하고 있었다. 그녀는 그를 잊고 있는 것 같았고 그녀에게서 그가 없어진 것처럼 보였지만 겉으로만 그렇게 보일 뿐이다. 단지 그녀는 장 발장보다 남편을 더 사랑하고 있었을 뿐이다. 그래서 마음의 균형을 잃은 것뿐이었다. 마리우스는 조금씩 코제트를 장 발장에게서 벗어나게 했다. 코제트는 그가 하는 대로 그냥 따라가고 있었다.

장 발장은 어느 날 자기 집 계단에서 내려와 거리로 나섰다. 그러나 세 걸음도 걷지 못하고 돌 위에 앉았다. 6월 5일 밤에 가브로슈가 그가 앉아 있는 것을 발견했던 바로 그 돌 위였다. 그는 몇 분간 그곳에 앉아 있다가 다시 올라갔다. 다음 날 그는 밖으로 나오지 않았다. 그다음 날에는 아예 침대에서 나오지 않았고, 이후 1주일이 흐르는 동안 그의 모습은 보이지 않았다. 문지기 여자가 의사를 불러왔다. 장 발장을 보고 나온 의사가 그녀에게 말했다.

"위독합니다."

"그분은 뭐라던가요?"

"자기는 건강하다고 합니다."

"또 와주시겠어요, 선생님?"

"예, 하지만 그에게 필요한 사람은 내가 아닌 것 같습니다."

같은 날, 더 정확히 말한다면 같은 날 저녁, 마리우스가 식탁을 떠나 자기 사무실로 들어가는데 바스크가 편지 한 통을 그에게 건네주었다. 그리고 그 편지를 쓴 사람이 문간방에서 기다리고 있다고 했다.

마리우스는 편지를 받아들었다. 담배 냄새가 났다. 냄새처럼 기억을 잘 환기시키는 것은 없다. 마리우스는 그 냄새를 금방 알아차렸다. 그는 겉봉의 글씨를 보았다.

'퐁메르시 남작님 귀하'라고 씌어 있었다. 필적도 알아볼 수 있었다. 놀람은 일종의 번갯불과 같다고도 말할 수 있으리라! 마리우스에게 마치 번갯불이 번쩍하고 밝혀진 것 같았다.

오, 신비한 운명이여! 그가 그토록 애써 찾고 있던 두 종적 중 하나가 이렇게 저절로 자신에게 나타나다니! 그는 후다닥 편지 겉봉을 뜯어 읽었다.

남작님,

소인은 한 개인에 대한 비밀을 쥐고 잇나이다. 소인은 남작님께 귀한 사람이 되는 영광을 갖기를 바라는 자이오니 그 비밀을 귀하의 처분에 맡기겠나이다. 귀하의 영에로운 가정에서 그 개인을 쪼차낼 방법을 귀하께 드리는 거심니다.

소생은 문간빵에 서서 남작님 분부를 기다리고 있게씀니다.

전에 본 편지와 마찬가지로 맞춤법은 엉망이었다. 편지에는 '테나르'라는 서명이 있었다. 의심의 여지가 없었다. 그는 초인종을 울렸다. 바스크가 나타나자 그가 말했다.

"들어오시라고 해!"

잠시 후 한 사나이가 나타났다. 마리우스는 놀랐다. 생면부

지의 사람이었던 것이다. 독자들의 궁금증을 풀어주기 위해 말해주자. 그는 분명 테나르디에였다. 하지만 그는 변장을 하고 있었다. 눈에는 녹색 안경을 쓰고 가발을 눌러쓰고 있었으며 코에는 수염을 달고 있었던 것이다.

마리우스가 그에게 물었다.

"무슨 일이오?"

"남작님, 제가 남작님께 팔 비밀이 하나 있습니다."

"비밀!"

"남작님은 댁 안에 도둑놈과 살인자 하나를 두고 계십니다. 사법기관조차 모르고 있는 것을 제가 남작님께 말씀드리는 겁니다. 그 사람은 가짜 이름으로 남작님 신임을 얻고 귀댁으로 슬그머니 들어왔습니다. 그의 진짜 이름을 알려드리지요. 공짜로 드리는 겁니다."

"듣고 있소."

"그의 이름은 장 발장입니다."

"나도 알고 있소."

"그가 어떤 자인지도 공짜로 알려드리지요. 그는 전과자입니다."

"그것도 알고 있소."

마리우스가 쌀쌀맞은 어투로 두 번이나 "알고 있소"라고 대답하자 그 사나이는 은근히 화가 났다. 하지만 그는 빙그레 웃으며 말했다.

"그렇다면 이 말씀을 드려야겠군요. 그것은 남작 부인님의 재산에 관한 비밀입니다. 이건 굉장한 비밀입니다. 이건 공짜로는 안 됩니다. 남작님께 팔아야겠습니다. 헐값으로. 2만 프랑에."

"나도 그 비밀을 알고 있소. 장 발장의 이름도 알고 있고 당신의 이름도 알고 있소."

"제가 이미 편지에 제 이름을 알려드렸으니 당연한 일이지요. 제 이름은 테나르."

"디에."

"뭐라고요?"

"테나르디에."

"그게 누굽니까?"

위험에 처하면 고슴도치는 털을 세우고 풍뎅이는 죽은 시늉을 하는 법인데 이 사내는 웃기 시작했다. 마리우스가 계속했다.

"당신은 종드레트, 배우 파방투이기도 하고 발리자르의 아내이기도 하지."

"누구 아내라고요?"

"그리고 몽페르메유에서 여인숙을 했지."

"여인숙을! 그런 일 없어요."

"그리고 당신은 바로 테나르디에라 그 말이오!"

"그렇지 않습니다."

"그리고 당신은 악당이오."

마리우스는 서랍을 열고 500프랑짜리 지폐를 그에게 내밀었다.

그는 돈을 받더니 원숭이처럼 잽싸게 가발을 뒤로 젖힌 후 안경을 벗었고 코털을 치웠다.

"남작님 말씀이 맞습니다. 저는 테나르디에입니다."

테나르디에는 놀라고 있었다. 변장을 하고 이 초면의 남자를 만나러 온 것인데 그가 자신을 알고 있다니! 테나르디에는 전에 마리우스와 이웃해서 살았지만 그를 한 번도 본 적이 없었다. 그런 일은 파리에서는 흔한 일이다. 그가 그에게 얼굴도 모르면서 편지를 보냈던 일은 독자도 이미 알고 있다. 그 마리우스와 퐁메르시 남작을 연결시키는 것은 그의 머릿속에서는 불가능했다. 또한 워털루 전투에서 도둑질을 하다가 우연히 목숨을 구해주게 된 퐁메르시라는 이름도 그에게는 별로 중요한 이름이 아니었다. 그저 감사하다는 뜻에서 들은 한 단어로만 알고 있었고 그 이름을 그는 제대로 기억하고 있지도 않았다.

2월 16일, 그러니까 마리우스와 코제트가 결혼하던 날 그는 이상한 냄새를 맡고 딸 아젤마에게 혼인 행렬을 뒤쫓게 했다. 그리고 개인적으로 많은 조사들을 했다. 그는 그날 하수도에서 만났던 사람이 누구인지도 알게 되었다. 그 이름도 알게 되었다. 그는 퐁메르시 남작 부인이 코제트라는 것도 알고 있었다. 하지만 그걸 밝힐 이유는 없었다. 그가 원하는 것은 진실을 밝히는 게 아니라 돈이었다. 아무 증거도 없이 "당신 부인은 사생아요"라고 퐁메르시 남작에게 폭로한다면 돈은커녕 구둣발에 차이는 신세밖에 더 되랴!

테나르디에는 상대가 만만치 않다고 생각하고 있었다. 하지만 진짜 전투는 이제부터 시작이다. 그는 전열을 가다듬었다. 그는 "저는 테나르디에입니다"라고 말한 후 기다렸다.

마리우스는 생각에 잠겨 있었다. 그는 마침내 테나르디에를 만났다. 그가 그토록 찾아내고자 애썼던 사람이 바로 눈앞에 있었다. 그는 이제 아버지 퐁메르시 대령의 분부를 실행할 수 있을 것이다. 그는 어쨌든 기뻤다. 이런 비열한 악당에게 아버지가 진 빚을 갚는다는 것은 마치 자신을 가두고 있던 감옥에서 나오게 되는 것과 같았다.

그와 함께 그에게는 또 다른 의무가 있었다. 할 수만 있다면 코제트의 재산의 출처를 밝히는 일이었다. 마침 그 기회가 온 것 같았다. 테나르디에는 아마 뭔가를 알고 있을지 모른다. 그는 우선 거기서부터 착수했다.

마리우스가 침묵을 깼다.

"테나르디에, 나는 당신의 이름을 말했소. 거기다 나는 당신이 내게 알려주려고 한 비밀을 다 알고 있소. 당신이 모르는 것까지 알고 있소. 장 발장은 당신 말대로 살인자고 도둑이요. 그는 마들렌이라는 부유한 공장주의 돈을 훔치고 그를 파산시켰으니 도둑이고, 그는 경찰 자베르를 살해했으니 살인자요."

"무슨 말씀이신지 모르겠네요, 남작님."

"내가 알아듣게 자세히 말해주지. 마들렌이라고 하는 사람이 있었소. 무슨 소송사건에 말려들었던 사람인데 올바른 사람이 되었소. 그리고 검은 유리 세공업에 혁명을 일으켜 도시 전체를 부유하게 만들었소. 그는 병원을 세우고 학교를 열고 병자들을 방문하는 등 그 고장의 보호자 같았소. 훈장도 거절하던 그는 마지못해 그 도시의 시장이 되었소. 그 사람의 옛날 비밀을 알고 있던 전과자 한 명이 그를 고발하여 형무소에 가게 한 뒤에 라피트 은행에서 마들렌 씨의 돈을 허위 서명으로 인출해갔소. 내가 은행 출납 계원에게서 직접 들은 것이오. 마들렌 씨의 돈을 훔쳐간 전과자, 그가 장 발장이오. 장 발장은 경찰 자베르를 죽였소. 내가 그 현장에 있었소. 내가 이렇게 다 알고 있으니 당신은 그 사람에 대해 내게 말해줄 것이 아무것도 없는 셈이오."

그의 말을 듣고 테나르디에의 얼굴에 오만한 미소가 떠올랐다. 자신이 승리했다는 자신감이 그 얼굴에 나타나 있었다. 하지만 열등한 자는 우월한 자에 대해 아부하는 자세를 가져야 한다. 승리자가 되어도 오만해서는 안 되는 법이다. 그는 완곡하게 마리우스에게 말했다.

"남작님, 아무래도 우리는 길을 잘못 들을 것 같은데요."

"무슨 소리요? 내가 말한 게 사실이 아니란 말이오?"

"허무맹랑한 이야기들입니다. 남작님이 저를 믿고 말씀해 주시니 저도 이런 식으로 말씀드리지 않을 수가 없습니다. 저는 진실과 정의의 편이니까요. 저는 사람들이 애매한 누명을 쓰는 걸 견디지 못합니다. 남작님, 장 발장은 마들렌 씨의 돈을 훔치지 않았고, 자베르를 죽이지도 않았습니다."

"그럴 리가! 어떻게 그럴 수가!"

"간단합니다. 마들렌 씨는 장 발장 자신입니다. 그러니 그가 마들렌 씨의 돈을 훔친 게 아닙니다. 또 자베르를 죽인 건 자베르 자신이므로 장 발장은 자베르를 살해하지 않았다 이 말씀입니다."

"무슨 말이오?"

"자베르는 자살했다 이 말입니다."

"증거를 대시오, 증거를!"

테나르디에는 시를 읊조리듯이 자신의 말 한 마디 한 마디를 또박또박 발음했다.

"경찰-자베르는-퐁토샹즈-다리의-나룻배-밑에-빠져-죽어-있는-것이-발견되었습니다."

그는 자기 옆 주머니에서 커다란 회색 종이봉투를 꺼냈다.

"남작님, 저는 남작님을 위해서 이 장 발장을 철저히 조사했습니다. 여기 제가 말씀드린 것을 증명해줄 서류들이 있습니다."

그러면서 그는 두 신문을 펴서 마리우스에게 내밀었다. 하나는 1823년 7월 25일의 「백기」지로서 마들렌 씨가 장 발장임을 확증하고 있었으며 다른 하나는 1832년 6월 15일자 정부 기관지로서 자베르의 자살을 확인할 수 있는 것이었다. 그 기사에는 자베르가 경찰청장에게 직접 보고한 내용까지 나와 있었다. 그 보고에 따르면 자베르는 바리케이드의 포로가 되었는데 한 폭도가 자기의 머리 대신 공중에 공포를 쏘아, 자신의 목숨을 건져주는 자비를 베풀어주었다는 것이었다.

마리우스의 머릿속이 하얘졌다. 의심할 바가 전혀 없었다. 은행 출납계원의 정보는 거짓이었다. 장 발장은 갑자기 위대해져서 구름에서 나오고 있었다. 마리우스는 환성을 지르지 않을 수 없었다.

"아니, 그렇다면 그 불쌍한 분은 정말 훌륭한 분이었구나! 그 재산은 전부 그분의 것이었어! 아, 장 발장은 자베르의 은인이었어. 아아, 그는 영웅이다! 성인이다!"

그러자 테나르디에가 권위적인 말투로 말했다.

"자, 진정하시지요. 그는 영웅도 아니고 성인도 아닙니다. 그는 도둑이고 살인자입니다."

도둑놈! 살인자! 마리우스가 이제 그에게서 벗겨졌다고 생각한 단어들이 테나르디에의 입에서 다시 쏟아지자 마리우스가 외쳤다.

"아직도!"

"그렇습니다. 그는 여전히 도둑놈이고 살인자입니다. 제가 다 말씀드리지요. 남작님, 제가 지금 말씀드리는 건 저만 아는 겁니다. 아주 값나가는 비밀이지요. 두둑하게 쳐주셔야 할 겁니다."

마리우스는 그를 의자에 앉으라고 했다. 테나르디에가 이야기를 시작했다.

"남작님, 1년 전 쯤, 그러니까 1832년 6월 6일 파리에서 폭동이 있었던 날, 파리 대하수도 아래 앵발리드 다리와 예나 다리 중간쯤, 그 하수도가 센강과 만나는 곳 쪽에 한 사나이가 있었습니다."

마리우스는 갑자기 자신의 의자를 테나르디에의 의자 옆으로 당겼다.

"저녁 8시쯤 되었습니다. 그 사람은 하수도 속에서 무슨 소리가 나는 것을 들었습니다. 누군가 등에 뭔가를 메고 오는 것을 볼 수 있었습니다. 한 전과자가 시체를 메고 오고 있었던 것입니다. 살인 현행범을 만나게 된 것이지요. 왜 살인을 했을까요? 뻔한 일입니다. 살해된 사람의 금품을 노린 거지요. 웅덩이에 시체를 버렸다가는 나중에 발각날 수 있었기에 그처럼 어렵게 메고 온 것이지요. 정말 어마어마하게 힘든 일이었을 겁니다. 완전히 목숨을 건 일이었을 겁니다.

그곳에 있던 사나이는 피할 곳이 없었습니다. 그 사나이에게는 마침 쇠창살문을 열 열쇠가 있었습니다. 그 무시무시한 살인자는 그 사나이를 협박했습니다. 거절할 도리가 없었지요. 거기 있던 사나이는 틈을 내서 등에 업혀 있던 시체의 연미복 한 자락을 용케 오려낼 수 있었습니다. 범죄 증거품이지요. 그는 그것을 호주머니에 넣었습니다. 남작님, 이제 아시겠지요? 시체를 메고 있던 자는 바로 장 발장이고 열쇠를 갖고 있던 사람이 지금 남작님 앞에서 이야기를 하고 있습니다. 그리고 연미복 조각은……."

테나르디에는 검은 얼룩이 진 검은 모직 천 조각을 주머니에서 꺼냈다.

마리우스는 자리에서 일어났다. 얼굴이 창백해진 채, 숨도 쉬지 못하고 그 검은 천 조각을 응시하고 있었다. 그는 벽 쪽으로 뒷걸음질 치더니 벽장을 열고 그 속에 팔을 들이밀었다.

그동안 테나르디에는 말을 계속하고 있었다.

"그 살해된 젊은이는 장 발장의 올가미에 걸려든 한 부유한 외국인이며 엄청난 돈을 지니고 있었다는 강력한 증거가 있습니다."

그때 마리우스가 부르짖었다.

"그 외국인은 바로 나야! 여기 연미복이 있어!"

그는 테나르디에의 손에서 천 조각을 빼앗더니 연미복 한 구석에 갖다 댔다. 조각은 정확하게 들어맞았다.

마리우스는 부들부들 떨며 기쁨에 빛나 벌떡 일어났다. 그는 자기 호주머니를 뒤지더니 테나르디에 쪽으로 걸어가

500프랑과 1,000프랑짜리 지폐들을 한 줌 가득 쥐고 테나르디에의 코앞에 내밀었다.

"당신은 거짓말쟁이고 파렴치한이고 악당이오. 당신은 그분을 고발하러 왔는데 그분의 무죄를 증명했어. 당신은 그분을 망신주려다가 그분을 찬미했어! 도둑놈은 바로 당신이야! 살인자도 바로 당신이야! 옛소, 1,000프랑이오. 이 깡패 같으니!"

그러면서 그는 1,000프랑짜리 지폐 한 장을 그에게 건넸다.

"이 악당! 워털루 덕분에, 거기서 대령 한 분의 목숨을 건진 덕분에 받는 걸로 알아! 어서 썩 꺼져."

그러면서 그는 1,000프랑짜리 지폐 석 장을 더 꺼냈다.

"여기 3,000프랑이 더 있어. 받아서 내일 당장 미국으로 떠나요. 당신이 떠나는 걸 내 꼭 지켜볼 거야. 그러면 당신에게 2만 프랑을 더 주겠어. 다른 데 가서 교수형을 받으라고!"

테나르디에는 영문도 모르는 채, 그저 엉겁결에 받은 돈벼락에 기뻐하며 물러났다. 여기서 이 지긋지긋한 악당하고는 그만 마무리를 짓자. 그는 마리우스의 배려로 이름을 바꾼 후 딸 아젤마를 데리고 미국으로 떠났다. 그의 아내는 죽고 없었기 때문이다. 그의 손에는 뉴욕에서 받을 2만 프랑의 어음이 들려 있었다. 미국에서도 그는 유럽에 있을 때와 같았다. 마리우스의 돈으로 그는 노예상인이 되었다.

테나르디에가 나가자마자 마리우스는 정원으로 달려갔다. 코제트는 산책하고 있었다.

"코제트, 코제트" 하고 그는 외쳤다.

"이리 와, 어서 이리 와! 빨리 가자고! 바스크, 빨리 삯 마차를 불러! 아아, 내 목숨을 구해주신 분은 그분이셨어. 빨리 숄을 걸쳐!"

코제트는 그가 실성한 것 같았지만 복종했다.

마리우스는 코제트를 얼싸안고 "아, 코제트, 나는 비참한 사람이야!"라고 말했다.

그는 어쩔 줄 몰라하고 있었다. 장 발장 속에서 뭔지 알 수 없는 높고 어두운 모습이 보이기 시작하고 있었다. 겸손과 온화함이라는 놀라운 최고의 덕이 그에게서 나타나고 있었다. 마리우스에게 이 죄수는 이제 예수로 변모하고 있었다. 그는 그 위대함에 현기증을 느꼈다.

그는 마차가 오자 마부에게 말했다.

"옴므아르메 거리 7번지요!"

"아이, 좋아라. 옴므아르메 거리에 간다고! 감히 당신께 말하지 못하고 있었는데……. 장 선생님을 뵈러 가는 거지?"

"당신 아버지에게! 코제트! 그분은 당신 아버지야! 그분이 나를 살리신 거야. 이제 그분과 헤어지지 않을 거야. 나는 이제 평생 그분을 떠받들고 살 거야. 가브로슈가 내 편지를 당신이 아니라 그분께 전한 거였어. 당신도 알겠지?"

코제트는 무슨 말인지 알아들을 수 없었다. 그녀는 다시 아버지를 되찾은 것이 기쁠 뿐이었다. 삯 마차는 쉬지 않고 굴러가고 있었다.

문 두드리는 소리가 나자 장 발장이 "들어오시오"라고 말했다. 문이 열리고 마리우스와 코제트가 나타났다. 코제트는 방안으로 뛰어들었다. 마리우스는 문기둥에 등을 기댄 채 입구에 혼자 서 있었다.

장 발장은 "코제트!" 하면서 의자 위에서 몸을 일으켰다. 그는 떨리는 두 팔을 벌린 채 얼빠진 듯했다. 하지만 그 얼굴에는 무한한 기쁨이 드러나 있었다.

"아버지!"라고 그녀가 말했다. 장 발장은 깜짝 놀라 더듬거렸다.

"코제트가! 당신이! 그래 너로구나. 네가 왔어! 그럼 너는 나를 용서하는구나!"

마리우스는 눈물이 흐르는 것을 막으면서 부들부들 떨리는 목소리로 말했다.

"아버님!"

"당신도 나를 용서하는 거요?"

코제트는 노인의 무릎 위에 앉아서 그의 흰머리를 걷어 올리고 그의 이마에 수없이 입을 맞추었다. 장 발장이 말했다.

"아, 나는 이 애를 다시는 보지 못할 거라고 생각하고 있었는데! 아, 퐁메르시 씨 당신은 나를 용서하시는군요."

장 발장의 그 말에 마리우스의 가슴에 북받쳤던 것이 한꺼번에 터졌다.

"코제트, 들었어? 이분이 내게 용서를 구하셔! 내 목숨을 구해주신 분이! 당신을 내게 주신 분이! 그런 후 자기 자신을 희생하신 분이! 그런데 배은망덕한 놈인 내게 고맙다고 하시고 계셔! 모든 용기와 미덕, 성스러운 덕을 이분의 지니고 계신 거야. 코제트, 이분은 천사야!"

장 발장이 아주 작은 목소리로 말했다.

"쉿, 무슨 그런 말을 하는 거요?"

마리우스는 한 없이 숭배하는 마음과 약간의 노여움이 뒤섞인 말투로 말했다.

"아버님, 왜 그걸 말씀하시지 않았습니까? 아버님 잘못이기도 합니다. 사람들 목숨을 구해주시고 그걸 그들에게 감추다니! 자기 자신의 정체를 드러낸다며 스스로를 비난하다니! 무서운 일입니다."

"나는 진실을 말했소."

"아닙니다. 진실은 모든 것을 다 말해야 진실입니다. 아버님은 그러지 않으셨습니다. 아버님은 마들렌 씨였는데 그걸 말씀하시지 않으셨습니다. 아버님은 자베르의 목숨을 구하셨는데 그걸 말씀하시지 않으셨습니다. 저는 아버님 덕분에 목숨을 구했는데 그걸 말씀하시지 않으셨습니다."

"그건 내 생각이 당신 생각과 같기 때문이었소. 내가 떠나야 한다는 것, 나는 그것이 옳다고 생각했소. 만일 당신이 그 하수도 일을 알았다면 나를 당신 곁에 머물게 했을 거요. 그래서 나는 입을 다물어야 했소. 모든 사람을 거북하게 만드는 일을 할 수 없었소."

"거북하게 되다니, 뭐가요? 거북하게 되다니, 누가요? 아버님 저희랑 함께 가세요. 우리가 모시고 갈 겁니다. 아버님은 우리의 일부이십니다. 하루도 이곳에 계시면 안 돼요! 내일도 여기 계시리라고 생각하지 마세요."

그러자 장 발장이 말했다.

"내일? 내일이면 난 여기에도, 당신 집에도 있지 않을 거요."

"그게 무슨 말씀이세요? 아버님 혼자 여행을 가시려고요? 절대로 아버님 혼자 보내드리지 않겠어요"라고 마리우스가 말했다.

그러자 장 발장이 말했다.

"나는 곧 죽을 거요."

코제트와 마리우스는 소스라쳤다.

"돌아가신다고요?"

"그렇다네. 하지만 그건 아무것도 아니야. 코제트야, 내게 이야기를 해다오. 네 목소리를 들려다오!"

"아버지! 우리 아버지! 아버지는 사실 거예요. 저는 아버지가 사시길 원해요!"

마리우스도 말했다.

"아버님, 아버님은 건강하세요. 이제 슬픔은 없어요. 아버님, 저희들이 무릎을 꿇고 용서를 빕니다. 아버님은 저희들이랑 오래오래 사실 거예요."

"퐁메르시 씨, 아니오. 하느님의 생각도 당신과 나와 같아요. 내가 그곳으로 가는 걸 원치 않으세요. 그래서 이렇게 데려가시려 하는 거요. 하느님은 우리에게 무엇이 필요한지 우리보다 잘 알고 계십니다. 당신들이 행복한 것, 하늘의 모든 환희로 당신들을 가득 채우는 것, 그리고 아무것에도 쓸모없는 내가 죽는 것, 이것이 정말 좋은 일이고 필요한 일이지. 나는 이제 모든 게 끝난 걸 확실히 알고 있소."

순간 의사가 들어왔다. 마리우스는 "선생님?"이라고 한 마디 했을 뿐이었다. 하지만 모든 질문을 담고 있는 한 마디였다. 의사는 뜻을 담은 눈짓으로 그 물음에 답해주었다.

장 발장은 코제트를 바라보았다. 영원히 잃지 않으려는 듯 그녀를 응시하고 있었다. 의사가 그의 맥을 짚었다.

"아, 이분에게는 정말 당신들이 필요했는데……. 하지만 이제 너무 늦었습니다.”

장 발장이 코제트에게 다가오라고 몸짓을 하더니 마리우스에게도 같은 몸짓을 했다. 마리우스는 “오오, 순교자시여!”라고 외치며 장 발장에게 가까이 왔다. 분명 최후의 순간이 다가오고 있었다.

“가까이 오너라. 둘 다 가까이 오너라. 내게는 소중한 신부님이 한 분 계셨다. 지금 여기 그분이 와 계신다. 난 너희를 무척 사랑한다. 너희도 나를 사랑하지? 이렇게 죽을 수 있다는 건 기분 좋은 일이다. 그러니 너희도 슬퍼하지 말아라. 너희가 슬퍼하는 모습을 원하지 않는다. 너희는 즐거움으로 가득 찬 삶을 살아야 해. 참, 그 60만 프랑, 그건 정말 정직한 돈이다. 그 돈을 쓰는 걸 부끄러워해서는 안 된다. 참으로 신나는 사업이었다. 원가의 여섯 배가 남는 사업이었으니. 너희는 안심하고 부자로 살아도 된다.

그리고 코제트야, 벽난로 위의 두 자루의 촛대를 유물로 남긴다. 은으로 된 촛대지만 내게는 금이요, 다이아몬드란다. 거기 꽂은 초는 거룩한 촛불로 바뀐단다. 그것들을 내게 주신 분이 저 위에 계신다. 그분이 내게 만족해하시는지 아닌지 나는 모른다. 나는 내가 할 수 있는 일을 했을 뿐이다.

코제트야, 이제 네게 네 어머니 이름을 말해줄 때가 되었다. 네 어머니 이름은 팡틴이다. 네가 그 이름을 입 밖에 낼 때마다 무릎을 꿇어라. 그분은 무척 고생하셨다. 그분은 너를 무척 사랑하셨다. 네가 행복 속에서 겪은 모든 것을 그분은 불행 속에서 겪으셨다. 다 하느님의 뜻이다. 하느님은 저 위에서 모든 것을 보고 계시고 이 모든 별들 한가운데서 당신이 하시는 일을 알고 계시지.

그럼 나는 이제 떠나겠다. 내 아이들아, 항상 서로 사랑해라. 이 세상에 서로 사랑한다는 것 외에는 아무것도 없는 거란다. 그리고 이렇게 죽은 이 가엾은 노인도 가끔 생각해다오. 너희는 축복받은 사람들이다. 나는 행복하게 죽는다. 사랑하는 아이들아, 너희의 머리를 이리 다오. 그 위에 내가 손을 올려놓을 수 있도록."

코제트와 마리우스는 무릎을 꿇었다. 얼이 빠진 채 눈물에 숨이 막히면서 저마다 장 발장의 손을 하나씩 잡고 있었다.

그 존엄한 손은 더 이상 움직이지 않았다. 두 촛대 불빛이 그를 비추고 있었고 그의 흰 얼굴은 하늘을 보고 있었다. 그의 손에 마리우스와 코제트가 입을 맞추었다. 그는 숨을 거두었다. 틀림없이 어둠 속에서 거대한 천사가 날개를 펴고 그의 넋을 기다리며 서 있었으리라.

페르 라셰즈 묘지 쓸쓸한 한쪽 구석 커다란 주목 나무 아래 돌이 하나 있다. 그 돌도 다른 돌들과 마찬가지로 세월의 풍상에서 자유롭지 못했다. 곰팡이가 끼어 있고 새똥들이 여기저기 떨어져 있다. 그 돌은 물의 세례를 받아 초록색을 띠고 있었고 공기의 세례를 받아 검은색을 띠고 있었다. 그 돌 주위에는 오솔길도 없는데다 키 큰 풀들이 있어 사람들이 자주 가지 않는다. 햇빛이 조금이라도 비치면 도마뱀들이 그곳에 온다. 주위 일대에는 야생귀리가 바람에 떨고 있으며 봄에는 휘파람새들이 나무에서 지저귄다.

그 돌은 완전히 벌거숭이였다. 오로지 무덤에 쓰일 돌, 사람 하나를 덮기에 충분할 정도의 크기인 그런 돌일 뿐이었다. 거기에는 아무런 이름도 적혀 있지 않았다. 다만 여러 해 전에 누군가 연필로 그곳에 4행시를 적어놓았는데 비와 먼지 때문에 차츰 읽기 어렵게 되었고 아마 지금쯤은 지워져버렸을 것이다.

그는 자고 있네. 그에게 운명은 참으로 기구했지만.
그는 살았다네. 더 이상 그의 천사를 갖지 못하게 되었
을 때 그는 죽었네.
마치 해가 지면 밤이 되듯이
올 것이 저절로 온 것일 뿐이라네.

『레 미제라블』을 찾아서

『레 미제라블』은 두말할 필요가 없는 대작이다. 이 작품이 무려 30여 차례 영화로 만들어졌다는 사실은 이 작품이 얼마나 많은 사람들의 사랑을 받고 있는가를 여실히 보여준다. 그뿐이 아니다. 『레 미제라블』은 수차례 뮤지컬로 각색되어 공연되기도 했으며 우리나라에서도 단골 뮤지컬 메뉴에 속한다. 그래서 사람들에게 너무 친숙하다. '장 발장'이라는 주인공 이름은 소설을 읽지 않고 뮤지컬을 보지 않은 사람들도 알고 있는 너무 유명한 이름이 되었다. 19세기와 20세기의 대표적 세계 베스트셀러, 스테디셀러를 딱 한 권 꼽으라면 아마 『레 미제라블』이 될지도 모른다. 프랑스에서는 『성경』 다음으로 많이 읽힌다는 말을 들을 정도이니 정말 고전 중의 고전이다.

그런데 묘한 역설이 하나 있다. 『레 미제라블』의 저자 빅토르 위고는 절대로 고전주의자가 아니다. 그는 고전주의에 대해 반기를 들면서 문학 활동을 시작했다. 고전주의란 무엇인가? 시대와 상황이 아무리 변해도 변할 수 없는 진리가 존재한다는 믿음을 가진, 프랑스의 17세기 문예사조다. 시대를 초월해서 바람직한 인간상이 존재한다고 믿었던 문예사조다. 고전주의자들은 훌륭한 작품이란 그런 완성된 인간을 작품의 주인공으로 삼아야 한다고 주장했다. 예술에도 법칙이 있으니 그 법칙을 잘 준수하는 것이 좋은 작가가 되는 길이라고 주장했다.

그런데 프랑스에서는 그 고전주의의 생명이 아주 길었다. 19세기에 이르러서도 고전주의는 아직 위세를 떨치고 있었던 것이다. 그때 그 고전주의에 반기를 든 새로운 문예사조 운동이 일어나니 바로 낭만주의 운동이다. 낭만주의는 한마디로 고전주의가 주장하는 절대적 진리에 맞선 새로운 예술 운동이라고 보면 된다. 낭만주의자들은 고전주의자들의 '절대성'에 대해 '상대성'을 내세웠다. 그런데 그 '상대성'이 두 방향으로 나타난다.

그중 하나는 시대적 상대성을 주장하는 쪽이다. 스탕달을 대표로 하는 그 입장의 작가들은 사람들이 믿고 있는 신념, 기호도 시대에 따라 변한다고 주장한다. 고전주의 시대의 위대한 작가들은 그 시대의 사람들의 기호에 맞는 작품을 썼기에 위대한 것이지, 영원히 사람들의 입맛에 맞는 작품을 썼기에 위대한 것이 아니라고 주장한다. 그들이 중요시한 것은 영원한 절대적 진리가 아니라 당대성이었다. 19세기 프랑스 작가들은 19세기 프랑스 사람들의 입맛에 맞는 작품을 써야 한다는 것이다. 여러분은 눈치챘겠지만 그런 주장을 한 작가들은 나중에 사실주의의 길을 걷게 된다. "소설가는 거울을 들고 다니는 사람이다"라는 스탕달의 말은 바로 그 생각에서 비롯된 것이다. 그러니 스탕달이 내세운 낭만주의는 사실상 사실주의에 가깝다.

다른 한쪽은 개인의 독창성을 강조하는 방향이다. 예술의 모든 규율을 타파하고 스스로 자연으로부터 영감을 길어와야 한다고 주장하는 쪽이다. 그 대표적인 사람이 바로 빅토르 위고다. 위고는 대가를 모델로 삼아 작품을 쓰면 큰 나무에 기생

하는 버섯이나 지의류가 될 수밖에 없다고 단호하게 말한다. 아무리 거대한 나무라도 자신의 수액으로 어찌 큰 나무를 키울 수 있느냐고 말한다.

그 운동은 굳건한 인간의 의지보다는 개인의 감성을 중시하며 영원불변의 보편성보다는 변화무쌍하고 다양한 독창성을 중시한다. 진정한 의미에서의 낭만주의 운동이 바로 그것이다. 그 운동을 주도한 빅토르 위고는 저 유명한 '그로테스크 이론'을 내세운다. 그로테스크란 '기괴한, 우스꽝스러운'이라는 뜻을 가진 프랑스어다. 어찌 이 세상에 바람직한 인간만 있겠느냐는 것이 바로 '그로테스크 이론'이라고 보면 된다.

좀 더 적극적으로 말한다면, 아무리 바람직한 인간이라도 어찌 태어나면서부터 그런 사람이었겠냐고 물은 것이 '그로테스크 이론'이라고 보면 된다. 수 없는 갈등과 흔들림을 겪지 않는 인간이 어디 있겠는가, 그런 갈등과 흔들림이 있어 오히려 위대해질 수 있는 것이 인간 아닌가, 좋은 작품이란 그런 인간의 모습을 그대로 보여주어야 하는 것이 아닌가? 라고 주장한 것이 바로 '그로테스크 이론'이라고 보면 된다.

그런 낭만주의 운동이 1820년부터 1850년까지 프랑스 문단을 주도했다. 즉 프랑스의 낭만주의는 약 30년 정도만 위력을 발휘하고 주도권을 사실주의와 자연주의에 내어주게 된다. 그러나 그 후에도 영원한 낭만주의자가 딱 한 명이 있었다. 자신이 낭만주의자임을 절대로 포기하지 않고 죽을 때까지 낭만주의자로 남은 사람이 딱 한 명 있었다. 바로 빅토르 위고다.

다시 한 번 말하자. 빅토르 위고는 프랑스의 대표적인 낭만주의자다. 그러면서도 그는 다른 낭만주의자들과는 달리 대단한 신념을 가졌던 낭만주의자다. 무슨 신념? 진보에 대한 신념이다.

그러나 오해 말자. 그는 정치적 진보주의자가 아니다. 이런 표현이 가능하다면 영혼의 진보주의자다. 그리고 그의 모든 작품은 바로 그런 영혼의 진보에 대한 믿음을 보여주려는 그의 처절한 노력의 소산이다.

『레 미제라블』을 보자. 『레 미제라블』은 사회, 역사, 철학, 종교 등 그야말로 모든 것이 담겨 있는 방대한 소설이지만 이 방대한 소설에는 뚜렷한 기둥이 분명히 있다. 그 기둥은 바로 장 발장이라는 인물의 영혼이다. 빅토르 위고도 작품에서 "이

책의 첫 번째 주인공은 사람이 아니라 무한(無限)이며, 인간은 그다음 주인공이다"라고 밝히고 있지 않은가? 이 소설의 주인공은 19세기 격동기를 살았던 한 비참한 인물이 아니다. 이 소설의 주인공은 '장 발장'이 아니다. 이 소설의 주인공은 '장 발장의 영혼'이다. 이 소설은 장 발장의 영혼이 구원을 받는 이야기이다. 빅토르 위고는 바로 그 영혼이 구원을 받는 과정을 진보라고 말하고 있다. 그는 작품에서 분명하게 밝힌다.

> '진보'란 무엇인가? 그것은 악에서 선으로, 거짓에서 진실로, 어두움에서 밝음으로, 욕망에서 양심으로, 부패에서 생명으로, 동물적 충동에서 의무로, 지옥에서 천국으로, 허무에서 신으로의 행진, 바로 그것이다. 출발점은 물질, 도착점은 영혼, 시작은 히드라 같은 괴물, 결말은 천사.

그런 의미에서 『레 미제라블』은 종교적이다. 그리고 구원을 받은 장 발장의 영혼은 초월적인 의미를 갖는다. "이 죄수는 예수로 변모하고 있었다"라는 장 발장에 대한 마리우스의 생각을 통해 위고는 이 작품의 핵심을 잘 보여주고 있다.

그런데 그 장 발장이 우리에게 감동을 주고 눈물을 선사한다. 그는 예수처럼 초월적인 존재, 감히 우리가 따르기 어려운 위대한 인물로 변모하지만, 그 과정이 너무 인간적이기 때문이다. 그가 영혼의 진보 과정에서 겪는 고뇌가 너무 인간적이기 때문이다.

19년을 형무소에서 보내고 나온 장 발장은 정말로 여러 번의 고비를 겪는다. 애초에 그는 자기에게 과도한 형벌을 가한 사회를 향한 증오심에 불타고 있었다. 그런 그를 혼란에 빠뜨린 것이 바로 미리엘 주교의 용서와 자비다. 그는 혼란을 겪는다. 이어서 프티제르베라는 어린아이의 동전을 무의식적으로 갈취한 일, 자기 대신 누군가 자신의 누명을 뒤집어쓰고 체포되었다는 소식을 듣고 갈등하다가 결국 자수한 일, 코제트와 마리우스가 사랑한다는 것을 알고 갈등 속에서 마리우스를 구해준 일, 그들의 행복을 위해 자신의 정체를 밝히고 스스로 물러난 일, 모두 위대한 결단이다. 그러나 그 위대한 결단이 있기 전에는 언제나 처절한 싸움이 있었다. 무슨 싸움? 자신을 유혹하는 달콤한 길과 무서운 결과가 기다리고 있는 길 사이의 싸움. 작품에서 위고는 그것을 이기심과 의무 사이의 싸움이라고 말한다. 우리가 그 싸움에 지쳐 결국 이기심에 굴복하고 한 걸음 뒤로 물러나려는 순간, 강력한 벽이 뒤에서 자신을 밀어낸다고 말한다. 성스러운 그림자가 가로막고 있는 것을 느낀다고 말한다.

그것은 무엇인가? 바로 양심이고 하느님이다. 위고 작품이 우리에게 감동을 주는 것은 하느님이 저 위에만 계신 것이 아니라 양심의 이름으로 우리 깊은 곳에 자리 잡고 있기 때문이다. 구원은 위에서 오는 것이 아니라 바로 우리의 양심에서 오는 것임을 보여주고 있기 때문이다.

위고의 『레 미제라블』은 종교적인 작품이다. 나는 과감하게 그렇게 말한다. 『레 미제라블』이 종교적이라는 말은 그 작품이 기독교의 진수를 보여주고 있거나, 기독교 교리를 잘 보여주고 있다는 뜻이 아니다. 위고가 기독교 신자임을 확실히 보여주고 있다는 뜻은 더욱이 아니다.

우리의 삶의 궁극적 목표는 결국 영혼의 구원에 있다는 것, 우리의 유한한 삶을 비추는 거울은 보이지 않는 것에 있다는 것을 보여주고 있다는 의미에서 종교적이다. 삶의 궁극적 의미를 눈에 보이는 현실에서 찾은 것이 아니라 보이지 않는 보다 큰 원리에서 찾고 있다는 의미에서 종교적이다.

19세기에 이런 종교적인 작품을 썼다는 것, 죽을 때까지 낭만주의자로 남았다는 것, 바로 그것이 위고의 위대한 점이다. 그것은 그가 '시인이란 인류에 봉사하는 자여야 한다'는 자신의 신념을 평생 잃지 않았다는 것을 의미한다.

프랑스 19세기는 어떤 시대인가? 인간이 인간의 이성에 대해서, 인간의 이성이 이룩한 과학에 대해서 가장 열광하고 있던 시기다. 오귀스트 콩트 같은 프랑스 철학자는 조금 어려운 용어로 '실증주의 승리의 시대'라고 말했다. 인간의 이성과 과학에 대한 믿음이 강해져서 인간의 힘으로 지상에 유토피아를 건설할 수도 있다고 믿은 사람이 많았던 시대다.

그 말은 천상의 가치가 모두 지상으로 내려온 시대라고 하는 것과 같다. 이 세상을 지배하는 가치가 온통 세속화된 시대라고 하는 것과 같다. 달리 말한다면 종교적 가치가 희미해져 가던 시대라고 해도 된다. 인간의 이성에 대한 믿음이 절정에 달했던 그 승리의 시기는 역설적이게도 인간의 중요한 믿음

중의 하나가 상실되는 시기이기도 하다. 구원에 대한 믿음, 보이지 않는 것에 대한 믿음, 초월에 대한 믿음, 저 세상에 대한 믿음. 그런 시대에 인류의 이름으로, 인도주의의 이름으로 종교적 가치를 문학 작품에 담아 형상화한 그가 어찌 위대하다 하지 않을 수 있을 것인가? 어찌 그 위대함의 세례를 한번 받아보고 싶은 욕망이 일지 않을 수 있겠는가?

빅토르 마리 위고는 1802년 2월 26일 브장송에서 태어났다. 나폴레옹의 휘하의 장군이었던 아버지를 따라 어린 시절부터 프랑스와 이탈리아와 스페인의 여러 도시로 이사를 다녔다. 훗날 부친의 바람대로 대학에 진학해서 법학을 공부하면서도, 빅토르는 시 쓰기에 몰두하면서 문학에 대한 꿈을 키워나갔다. 그런 그에게 가장 큰 영향을 준 것은 프랑스 낭만주의 시인인 샤토브리앙이었다. 14세 때의 일기에 그는 '샤토브리앙처럼 되고 싶다'라고 쓰기도 했다.

위고는 1822년 소꿉친구인 아델 푸셰와 결혼한다. 그리고 그해에 첫 시집 『오드』를 내서 주목을 받았다. 그리고 이어서

희곡집과 시집들을 간행해서 30세 이전에 문단의 총아가 되었으며 프랑스 낭만주의를 이끄는 선두주자가 되었다. 그는 1831 소설 『파리의 노트르담』을 발표하여 작가로서의 확고한 명성을 얻는다.

위고의 생에서 그에게 가장 큰 영향을 미친 사건을 하나 꼽는다면 1843년 가을 가장 아끼던 딸 레오폴딘이 남편과 함께 사고로 센강에 익사한 사건이었다. 그 사건 이전과 그 사건 이후의 그의 작품 경향은 바뀌게 된다. 즉 인간의 죽음 이후와 영혼이 그의 최대 관심사가 되는 것이다. 그리고 딸이 죽은 지 2년 후인 1845년 그는 『레 미제라블』의 집필에 들어간다. 이후 정계에도 진출하고 활발한 창작 활동을 계속했으며 프랑스 정부를 비판하는 글을 계속 발표하기도 한다. 그 탓에 그는 벨기에로 추방되었다가 영국 해협에 있는 건지섬으로 가족 모두 망명하게 된다.

그 망명 생활은 고통이 아니라 축복이었다고 볼 수도 있다. 1859년 루이 나폴레옹이 사면령을 내렸음에도 불구하고 그는 그 망명지에 머물면서 『정관시집』(1856)을 비롯해서 『여러 세기의 전설』(1859), 『웃는 남자』(1869) 등 걸작 시집들과 소설들을 발표한다. 『레 미제라블』도 망명 중이던 1862년에 간행을 했으니 처음 집필을 시작한 지 17년 만이었다.

1870년에 프로이센과의 전쟁으로 루이 나폴레옹의 제2제정이 몰락하자, 위고는 9월 5일 밤에 기차를 타고 파리에 도착해서 대대적인 환영을 받는다. 국회의원에도 당선되었지만 복마전 같은 현실에 실망한 나머지 금세 의원직을 포기한다.

위고는 1876년에는 상원의원으로 당선되었지만, 1878년에 뇌출혈을 일으킴으로써 결국 정계에서 은퇴했다. 1881년 2월 26일, 위고의 80세 생일은 임시 공휴일로 지정되었고, 군중이 그의 집을 찾아와 박수갈채를 보냈다. 위고는 죽기 4년 전인 1881년에 이미 「유언장」을 써놓았다.

신과 영혼, 책임감. 이 세 가지 사상만 있으면 충분하다. 적어도 내겐 충분했다. 그것이 진정한 종교다. 나는 그 속에서 살아왔고 그 속에서 죽을 것이다. 진리와 광명, 정의, 양심, 그것이 바로 신이다. 가난한 사람들 앞으로 4만 프랑의 돈을 남긴다. 극빈자들의 관 만드는 재료를 사는 데 쓰이길 바란다. (……) 내 육신의 눈은 감길 것이

나 영혼의 눈은 언제까지나 열려 있을 것이다.

1885년 5월 18일에 위고는 폐렴으로 자리에 누웠다. 그리고 22일에 파리에서 사망했다. 그날 밤에 파리에는 천둥과 우박을 동반한 비바람이 몰아쳤다. 6월 1일에 장례식이 국장으로 치러졌고, 200만 명의 인파가 뒤를 따르는 가운데 그의 유해는 팡테옹에 안장되었다.

『레 미제라블』 바칼로레아

1 장 발장은 죄수로부터 시작해서 성자로까지 이른 인물이다. 미리엘 주교와의 만남, 프티제르베 사건, 팡틴, 코제트와의 만남, 샹마티외 사건, 프티 픽픽스 수도원 생활, 마리우스와 코제트와의 사랑과 결혼 등을 겪으면서 그는 갈등과 변신을 거듭하며 구원의 길을 간다.

그에게 구원이란 무엇인가? 그가 겪은 각각의 사건에서 그가 새롭게 배운 것은 무엇일까? 진지하게 생각하고 이야기를 나누어보자.

2 작품 중에 마리우스가 갈등하는 장면이 나온다. 악당 테

나르디에가 르블랑(장 발장)을 위협하는 장면이다. 총을 발사하면 아버지의 마지막 뜻을 저버리는 것이고 총을 쏘지 않으면 흉악한 범죄를 내버려두는 것이 된다. 여러분은 그 경우 어떻게 하겠는가?

3 장 발장은 진짜 장 발장이 체포되었다는 사실을 알고 극심한 갈등을 느낀다. 그는 속으로 생각한다.

'내가 자수한다면 그녀(코제트)는 어찌 될 것인가? 내가 먹여 살린 그 많은 가난한 사람들은 어쩌란 말인가? ……아아, 나는 하마터면 어리석게 자수를 할 뻔했구나. 그래, 나는 양심의 가책을 느끼겠지. 하지만 내가 양심의 가책을 느낀다고 치자. 남들의 행복을 위해 양심의 가책이라는 고통을 스스로 떠안은 셈이 아닌가? 그것도 남을 위해 헌신하는 것이 아니겠는가?'

그러나 그는 결국 그 양심이 무엇보다 중요한 것을 알고는 자수를 결심한다. 남들을 위해 헌신하는 삶을 사는 것과 자신의 양심을 지키는 일 가운데 어느 것이 더 중요하다고 생각하는가?

4 장 발장을 끝까지 추적하는 자베르 경감은 소설 속에서는 독자로부터 미움을 받는 존재로 나온다. 그러나 자베르 경감이야말로 사회의 질서를 유지하는 공공성(公共性)의 상징이다. 개인의 자유와 공공의 이익이 충돌할 때와 조화를 이룰 때를 상정하고 토론해보자.

레 미제라블 2

생각하는 힘: 진형준 교수의 세계문학컬렉션 28

펴낸날	초판 1쇄 2018년 2월 1일

지은이	빅토르 위고
옮긴이	진형준
펴낸이	심만수
펴낸곳	(주)살림출판사
출판등록	1989년 11월 1일 제9-210호

주소	경기도 파주시 광인사길 30
전화	031-955-1350 팩스 031-624-1356
홈페이지	http://www.sallimbooks.com
이메일	book@sallimbooks.com

ISBN	978-89-522-3824-5 04800
	978-89-522-3842-9 04800 (세트)

※ 값은 뒤표지에 있습니다.
※ 잘못 만들어진 책은 구입하신 서점에서 바꾸어 드립니다.

이 도서의 국립중앙도서관 출판시도서목록(CIP)은 서지정보유통지원시스템 홈페이지
(http://seoji.nl.go.kr)와 국가자료공동목록시스템(http://www.nl.go.kr/kolisnet)에서
이용하실 수 있습니다.(CIP제어번호: CIP2017035128)

책임편집·교정교열 오석하 이해옥